文字森林
READING FOREST

文字森林
READING FOREST

若終究 沒有永遠
每個有你的瞬間
都是 多一點

筆枒町 著

目錄

輯一 明明還喜歡

輯二 背著世界，走向你

輯三 不完美的完整

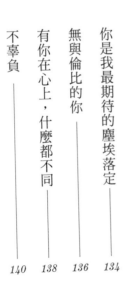

輯一

明明還喜歡

愛得誠實，其實是另一種相信。

沒有你的世界

拼好了。

還記得你那天的興高采烈，你迫不及待地將包裝拆開，然後對著散落一地的拼圖大喊著一定會把它完成，因為那是他想要的。

於是你一天天一點點地慢慢拼，你想像著他看見之後的表情，想著想著就笑了，就像小孩子第一次出遊那樣既緊張又興奮。

那天他路過街角的櫥窗，看見了這個拼圖，隨口說了聲好可愛哦，這句話就深深埋在你的心裡。在道別了他的背影之後，你首先做的是跑回那間拼圖店。

你沒有想太多，只是想把它實現。還有未來的更多更多，你都想要為他實現。

你們天天交換彼此的心裡感受，每個人都告訴你，你們一定會在一起，於是你也就這樣相信。雖然你總是笑著否認，但你的每一個心緒滿滿都是他。

接著他消失了，沒有理由地消失了。他們說你讓他等得太久，等到不耐煩了，他們說喜歡就是這樣沒保障，他們拍拍你的肩，你也懂這是他們能給的最大安慰。你不想太狼狽，於是撐起微笑，一如往常，於是嚷嚷著無所謂。

可是有一天你將拼圖拼好了，突然覺得心裡好空好空，腳步聲的回音好大，水滴的聲音好大。心裡溼溼的，有個影子在裡面，你為他撐著傘，卻不敢碰，你怕一碰，他就會消失，夢就會醒，你就得離開。

瞬間好像都沒有意義了，你把他的期盼拼好了，可是沒有他，可是他不在了，無論如何你都得知道，也都知道。

「我完成了你的世界，沒有你的世界，於是我在這裡等著，等著你總有一天會想起我這片岸。」

可是啊，或許你從來都不是岸，你只是一個擺渡人，再怎麼捨不得都必須回頭。因為他終究不是你的。

遺憾的代號

有些數字好像就這樣隨著時間慢慢地刻印在生命裡了，例如某個人的電話號碼、某個人的生日，或者是曾經屬於你和他之間的一組密碼。

曾經，L是生命中遺憾的代號，綜合了太多的年少無知與奮不顧身。那時還以為拚命灌溉就會開花，卻忘了眼淚的鹽分太高，忘了時間蒸發以後，還是會留下一些看似晶瑩剔透，卻嘗起來苦澀的鹽。不會消失，不會不見。

多年後我們又碰面，才得知原來他早就換了一組電話號碼，而且那也成了他生活的一部分。後來我們路過彼此的一小段人生，然後又走到分岔，走到那段熟悉的數字。

當我把想對他說的話打好準備送出時，才發現怎麼回想都是他最初的那組電話號碼。後來的號碼雖然也曾試著認真記下，可就是記不得了，一點也沒有，最後還得依賴通訊錄，才終於有一點記憶回來。

而我才發現，原來，我們的一切都留在最初那時候了，無論後來我們又走過幾個春夏秋冬，生命在當時刻下的痕跡已經沒有辦法抹滅了，而後來的我們都只是偶然的擦肩而過，不會更多了，也沒有以後了。

或許我們都在彼此的心裡占了很特別的一塊，不是陌生人，但也不會是愛，只是青春的一張書籤，夾在我們註記的那一頁，無論是快樂、難過、荒唐、遺憾，都停在那頁了。

也是因為如此，才會怎麼想都是最初那組數字吧？還重要嗎？當然重要，但比這些還重要的人與事，卻更多更多了。

每一個曾經，都是現在背後所背負的，那些懂得承擔的責任，都是現在的我們。謝謝那些曾經，但如今的我們，有更多當下要煩惱的事情，有更多所愛之人要去珍惜了。只希望，我們都能好好的，希望你，能夠好好的。

練習在
沒有你的夜裡
睡著

夜半四點，我醒了。

下意識地打開手機，點開我們的對話，最後一句話停留在「到家了嗎？」，訊息框的前面寫著小小的「已讀」。沒有回覆。然後我已讀了你的已讀。

到了你家門口，天微微下著雨，不太亮的路燈在此刻竟顯得有點刺眼，整個城市剩下車子駛過，唰唰的聲音。

你走了，屬於你的那個位置沒有人停；沒有人來，而你卻離開了。我循著記憶回到這裡，碰見的不是夢中的相遇，而是殘酷的現實。

雨沒有變大，沒有隨著我的心情變動。就像這次的期待，是我該為自己負責。是自己的不安造就了心碎，於是自己收拾，多麼合情合理。

內心上演了一百種劇情，像演員一樣揣摩著要怎麼告訴你，在哪裡準備哭泣，然後我們緊緊相擁可以再和好。我愛你，一直都是毋庸置疑，我還想再努力，即使感到好累好累，違背了原本的自己，但我告訴自己都會好起來的，一定會的。

我練習在沒有你的夜裡睡著，練習不去牽掛，練習說服自己的不安，練習催眠自己。灌溉一些酒精，有沒有清醒都沒關係。

最後想像的那一百種劇情都沒有上演，沒有大吼大叫，沒有眼淚。導演將燈關掉，靜靜地說到此為止，為難彼此太辛苦了，一場漂亮的戲不必這樣牽強。至少你是這麼想的，無論我怎麼想。

燈熄了，你走了，我終究也是要離開的。我沒有走不開，沒有，只是在舞台上發呆得久了一點而已。

如果沒有決定相愛

偶爾，在你又回到那個海邊的時候，在夕陽快要被海吞沒，在你以為遺忘是容易的時候，你又想起了那個秋天，騎車經過落葉的沙沙聲；想起那個冬天，圍巾的溫暖；還有那個夏天，他話裡的冰冷。

想起了一直沒有答案的愛與不愛。

其實並不能說放不下。你心裡明白，現在的生活沒有不好，儘管多了一些忙碌，辛苦也沒有少一點，但至少過得踏實，至少我們都可以發自內心地笑了。

只是偶爾還是會有些片段閃過腦海，只是有些話就像無止境的黑洞，而洞裡面，充滿不曾消失的回音。

後來，終於願意不再執著答案，終於明白儘管是同一段愛，在不同的時候，占據各自內心的重量也不同。也終於願意接受，他真的愛過，只是可惜，愛得不夠久。

那時的我啊曾經想過，如果我們停留在一開始，一開始遇見彼此、一開始慢慢懂得彼此、一開始我們在彼此心裡留了個位置，停留在可以訴說和傾聽，卻又不完全屬於對方的那個時候。

如果沒有決定相愛，是不是我們就能一直如初，就不用練習分離，就不必承擔陌生？

可是如果沒有開始，就能夠保證沒有後悔，沒有難受與傷害嗎？

太多的假如，卻沒有辦法換來同等的答案。在這之後，我們能夠做到的好像就只剩下相信了。去相信每一份愛的當下的熱烈，相信每一句話有過的真切。如果你願意，試著把愛保留在一個好的位置，讓它能夠被回憶，讓它還願意被想起。

這次試著不去想過多的難過，而是試著去回想那些共同擁有的快樂時光，其實還不算少，只是我們總是執著於烏雲，卻忘記雲後面還有一整片藍天。

這世界上的兩個人要相遇的機率是多少呢？相遇之後，又有誰真的能夠牽起彼此的手？既然我們都曾經歷，也明白那些得來不易，就不要悲傷太久，就不要再執著於紛紛擾擾。

或許有一天，我們偶然再遇見，至少，彼此都還能相視而笑。

後來的　我們

八點三十二分，距離九點五十的火車還有一個多鐘頭的時間。我想起了那一年的夏天，也是抱著期待衝上火車，哪怕需要耗費多少時間，都沒關係，只要能見上一面都值得。只是不一樣的是，這次的等待，再也沒有誰在月台上的期盼。

時針指到九，原本鬧哄哄的車站突然變得冷清，原先接近滿座的位置，如今只剩下兩三個人。九點二十分，突然又走進了一批人，好像是觀光客，又有一些似乎不是觀光客的人，在我對面坐下。三十五分，有一群人上了火車，對面的那幾個人也起身走向月台。接著車站又回歸寧靜。

月台其實好像人生。總會遇見一些人，然後跟一些人道別，總會有些時候讓你覺得擁擠不堪，而有些時候卻又感到空蕩蕩。曾經我們遇過的那些人，現在還在嗎？如果不在了，那他們去哪了呢，過的怎麼樣呢，還記不記得我呢？

我的老朋友，我的曾經最要好的朋友，我的最熟悉的陌生人，無論如何，請你要好好的，也祝福你未來的人生能夠快樂。

我們都不會遇見第二個誰，每一個人都是那麼獨一無二，或許可惜，或許遺憾。但即使淚流滿面，還是要往前走。因為若是停留，就遇不到後來的好事情，就遇不到快樂。

期待我們都能夠遇見我們的快樂，即使那都與彼此無關了。

曾經的奮不顧身

晚上下了一場傾盆大雨，雨水不顧紗窗的阻擋就這樣闖了進來，放在桌上的手機螢幕溼了一點，我趕緊把窗戶關起來。拿起手機，把原先蓋一半在身上的厚棉被整件攤開。想起了那一年的分開，也是在秋天。

那時候比這時還要晚一些，記憶中的天氣也要冷一些，儘管腦中浮現的是被太陽晒得有些泛紅的臉。可是記憶總是這樣的吧，無論曾經走過幾個春夏秋冬，無論那一年的花開多麼香，那一年的海水多麼沁涼，記憶的路上總是鋪滿了枯黃的落葉，雜沓著誰的腳步。想用力看得清楚時，畫面卻又飄起雪，儘管我們最後還是沒有一起去約定好的地方看雪，儘管如此，回想時，卻還是下起了雪。

每個人生命中都會有這樣一個人，也必須要有這樣的一個人吧？你曾經為他奮不顧身，他的每一個細節你都那樣用力地記在心裡，他的好，他的胡鬧，他的任性，還有他最後離開時嘴角硬撐起的微笑。

有些畫面太深刻，複習得太多次，或許在我們都沒有察覺的情況下，變成烙印在生命中的痕跡。

後來我才理解，其實每段青春、每個過去，無論當下是多麼全心全意，再回頭看時，全都變成了曾經太過年輕。那些當年放不下的執著與狂妄，多麼深刻。但隨著日子，卻也讓它們變成了一張張照片，變成了一首首懷念的老歌。

偶爾我會突然懷念起那一首歌，當我想把歌詞寫下來時，才發現曾經背得滾瓜爛熟的歌詞，如今卻只剩下片段的記憶。而當我再一次播放，儘管還是一樣地好聽，但我卻知道，它再也不是我的最愛了。

別無所求

有好多話想跟你說。自從那天道別，或者說不告而別之後，其實還有很多事情想告訴你，很多問題想要釐清，很多感受想要訴說。

沒有對錯，我一直都是知道的。所以也不會有誰虧欠誰比較多，那些好的、壞的、快樂的、難過的，從宣告放下的那一刻開始，就已經歸零。

沒有太正式的開始，也沒有太正式的結束，一切彷彿一場夢一樣，沒有人在意開始的突兀，也沒有人留戀離開的感傷。一切自然得那麼諷刺。

「我過得很好。」不管是實話還是謊話，好像都得這麼說。

只是終究，在沒有誰逼誰了之後，沒有所謂的辜負了之後，儘管我把自己還給自己了，卻還是選擇背著你的期盼走。不一樣的是，這次別無所求了。

我是明白的，沒有期待，就沒有跌落時的傷害，而說不定，這才是彼此間最好的距離。

在很多個想問你的問題裡，有個疑問是，那時候的你是怎麼想的呢？在我們或許太過渴望、或太過衝動牽起手的時候，你是逆來順受，還是將就地先愛著呢？在打著蛋的同時，又想起我唯一為你做過的一次早餐。

那天你沒有說好吃或不好吃，你只是把它吃完，過後，誰也沒有再提起，或許是對你而言沒那麼重要吧。

就像是後來再也沒有聯絡的你。

也好。也終於，沒那麼重要了。

把自己關上

你決定把自己關在家裡一整天，決定對於門外的世界不聞不問。對於那些與你無關的人們，對於這個已與你無關的節日。

從前，你期待每一個戀人的節日，現在卻變成你最不願面對的。即使你覺得自己已經可以不去在意那些回憶，聽到與他有關的消息也已經可以控制自己，你認為你好了，已經走出來了，卻在這一天徹底地被擊潰。在這一天，你才發現自己最脆弱的那一面。

有太多相似情景讓你無法躲開，那些畫面都像是幻燈片，一片一片在你眼前放映。你試著閉上眼睛，卻無法關掉那些曾經。你試著讓自己忙一點，讓自己漫無目的地在城市穿梭，卻發現整個城市都是他的痕跡，逼得你無路可逃、無處可躲。

最後你選擇把自己關起來。

打開電腦、打開手機，滑過臉書和通訊軟體，翻了一次又一次的通訊錄，你想找個人說說話，卻不知道要打給誰。

也許你心裡明白，很多人都願意聽你說話，但那些都不是你想要找的人。在翻閱之前，你心裡早就有了答案，只是你不願承認，尤其在這個你最脆弱的時分。

每件事情都不只有一個處理方式，面對是一種，逃避也是一種，沒有對錯，只是看法不同。逃避沒有不好，而或許在這個時候，逃避才是最好的選擇。

人生會有很多關卡，有些易如反掌，有些卻寸步難行，可是我們不必勉強自己要關關都過，因為我們都有自己最不願碰觸的一塊脆弱。比起過關，更重要的是，你知道該用什麼方式渡過去，知道怎麼保護自己。
因為，你已經勇敢了這麼久了。

愛的形狀

「你好，請問要喝什麼飲料呢？」

「一杯綠茶，無糖微冰。」

「不好意思，改微糖微冰，謝謝。」

我常在想，到底愛是什麼形狀？後來我才知道，愛其實沒有形狀，愛是生活。它存在於你每一個呼吸之間，存在於你每一個舉手投足。

本來習慣買完東西就走的文具店，順手買了一個他剛好用完的立可帶；下午路過路口的蔥抓餅店，順手多帶了一份小份的給他。習慣喝無糖飲料，也因為他喝不慣沒甜的飲料而改成了微糖。他沒有時時刻刻地在你身旁，但你的每一個生活片段卻都有他。

愛一個人要給出多少，給的時候要不要將就，那些與自己背道而行的是犧牲還是付出？最後我決定做自己可以接受的，就像無糖是最愛，可是微糖卻是最適合兩個人的選擇，於是微糖就變成了首選。

煙火般燦爛的愛太夢幻也太短暫，還不如在寒冬之後悄悄在窗口盛開的花。

愛是當我們一同聞到花香時，你輕輕地問：「啊？又春天了嗎？」

「是啊，我們又一起過了一個冬天呢。」

「還好嗎？」

「還好嗎？」

簡單而平凡的一句話，卻在某些時刻顯得特別沉重。

或許是這句話已經在心裡放了太久，被淚浸得太溼；又或許是因為承載了太多的期待，而顯得沉重不堪。

短短的三個字，被你打好又刪除，打好了又再刪除。你一直重複著這樣的動作，不知道自己到底該不該這麼做，不知道他想不想收到你的訊息，不知道他收到之後會怎麼想。

你始終沒有按下傳送鍵。

就送出吧。我明白你的猶豫，明白你的顧慮，但那些其實都不是最重要的，比起猜測對方怎麼想，其實你怎麼想才是最重要的。

既然是關心，那就讓關心單純一點。不去想太多的之後，不去期待那人回覆與否，讓關心變得溫柔，像一陣風吹過，而對方選擇跟著擺動或無動於衷，則是他的自由。

許多事情都是徒勞無功的。你很清楚這個道理，所以你才會擔心、害怕沒有結果，不是嗎？

可是，那些事情會不會發生，其實和你擔不擔心，一點關係都沒有。擔心只是讓你背負得更多，更無法享受在其中而已。

最美的電影，不一定要有最好的結局。學著拋開一些期待，就會懂得什麼才是對自己最好的方式。只需要一個自己，一個願意一直努力，比起失望、更害怕什麼事都沒做的自己，一個最純粹、最無所求的自己。

就讓關心變得純粹一些，讓期待減少一些。在給予之前，放下不必要的枷鎖，無論結果如何，至少你都去做了啊。

我所捨不得的你

又看了一次你給的留言，短短的幾句，卻讓我反覆咀嚼很久很久。

我曾經順著從前走回去，試圖尋找當初喜歡上你的原因，可是卻找不到一個很明確的時間點。很奇怪地，就這樣突然間發現喜歡你，然後就戒不掉。

或許很多事情都是這樣，看似平凡的每一天，其實每一天都有一些變化，每一天都有什麼在心裡發酵。但即使這樣的不知不覺讓人無從抵抗，我卻不覺得有什麼不好。從不後悔我是這樣地喜歡你。

每個人都想讓喜歡的人看到自己最好的那一面，即使眼眶還有一些淚，依舊要撐起最耀眼的微笑。

可是，我捨不得看你小小的身影，在那些表面的燦爛後，回過身卻那樣地黯淡；我捨不得你明明就已經迷了路，卻還是假裝知道方向在哪似地走著；我捨不得當那些情緒碎了一地時，你卻笑著說「不要緊，小傷口而已」，然後在人群散去後獨自撿拾。

雖然我希望你能夠在我面前做最真實的你，不用隱藏情緒地放聲大笑和大哭，但我也明白這樣堅強的你，不想被人看見你的脆弱。

只是想告訴你，如果這是你所希望的，你當然可以在每一次的出現時依舊閃耀。但當我擁抱著你的傷痕時，能不能不要把我推開，能不能讓我就這樣陪著你？

我不後悔這樣地喜歡你。即使最後可能沒有結果，即使這可能是我最後一次，這麼用力地喜歡一個人。

但我很珍惜這份單純的愛，在經歷了那麼多後，還有一個不需要太多回報，就讓我願意一直給的人。

或許卑微，但心甘情願，其實就無怨無悔。因為你是我青春裡，最美麗的那一頁。

走過的證據

1.

那一年我十八歲。偶爾會懷念那時候的我們，那時候的自己，那時候的愛。

高中了，也成年了。總是以為已經經歷得夠多了，以為愛就是這樣，以為手牽著就能走到好遠好遠的以後了。

那時候的自己，以為有了愛就天下無敵，以為什麼事情，只要有愛就可以；那時候的自己，口袋空空，卻有願意為對方把天扛下來的勇氣；那時候的自己，許了好多承諾，灌溉了好多期待，沒想到最後還是被打敗。

那時候的自己，最傻，也最純粹，所以也最懷念。

再往前走，我遇到一個女孩，然後又遇到一個女孩，最後我兜了一個圈，回到一個人生活。

我成長了很多，卻好像再也沒有把天扛下來的勇氣了。過去都還算過得去，只是難免偶爾會浮現那些臉孔，曾經難過的也不再難過了，取而代之的是想起老朋友的感覺。

想試著聯絡，想送上淡淡的關心，卻在緊要關頭收手。有時候會覺得很諷刺啊，我們充當著別人的心理醫生，鼓勵別人去做什麼，而當主角換到自己的時候卻膽怯了。

就這樣吧，那些遺憾就先擱著吧。或許哪天我們會再次偶然相遇，也或許那時候我們已不認得彼此，那也沒關係，那也算是我們的緣分。

人生有太多太多遺憾，無論在什麼時候回頭看，都一樣，只是我卻倔強地不想清除。

畢竟那可能是我唯一走過的證據呀。

2.

「突然想到那時候都沒跟你說聲對不起。」

在分開好久之後，重新聯繫的你突然這樣對我說。

「啊？為什麼要說這個？」這是我內心的第一個反應。

或許當時的我太執著地認為有愛就可以，於是拚命地在每一次的沉默裡尋找答案，在自己毫無保留以後，也想要你拿你的毫無保留來交換。總是在追問著我到底哪裡不好，到底做錯了什麼，到底為什麼你會離開。直到後來我懂了，許多事情其實沒有什麼道理，特別是愛。就像那些被自己挑起來不愛吃的菜，它們也沒有不好，只是我不愛而已。

我情願認真相信著，記得我們曾經那樣愛過，只是可惜輸給了時間，可惜愛得不夠久。可惜我們的愛，不夠支持我們走到最後。

或許難免有些遺憾難過，只是那卻也不是誰的錯，至少我們都那麼用力地愛過，就好了。

現在的彼此都好，就好了。

不在乎

「為什麼為什麼為什麼？」

「為什麼兩個熟悉的人可以瞬間變陌生？這根本就是一件找不到凶手的懸案啊！」你抱著頭，怎麼也想不透地向我說著。

我明白那是什麼感受，畢竟你我就這樣不約而同地遇見了相似的事情。曾經的熱絡，你的我的、你們的我們的，我們都參與其中，一邊忐忑著自己的愛，一邊為對方祈禱著。

最初我們都沒把握，卻又努力給彼此信心，互相加滿勇氣然後前進。你偶爾提起我的她，我偶爾問起你的她，我們都同樣羞澀地表達自己的愛，同時也捧著一顆熾熱在每個夜晚等待。可是當我們覺得快要盼到一起幸福的時候，卻發現了對象的冷漠。

或許是忙，又或許只是比較累了。我們都不願意把對象想得太差，也不願意無理取鬧。於是體諒，即使自己滿滿的期待，又換來一句「今天想早點休息」；即使自己傳了一大段文字，只換來一個貼圖。

到後來我們才明白，其實跟忙不忙無關，只是他不在乎了。瞬間你就沒那麼重要了，瞬間你就不是他回覆的第一順位了。不然你不會傻傻地等了一夜等不到一個晚安，不然不會一個簡單的「今天還好嗎？」要等到明天才有回音。

因為你感受得到，所以才那樣地難過。只是你找不到原因，你百思不得其解，為什麼那些輕輕在視窗裡往上拉動，依然清晰可見的熱絡，一下子就變得冷淡、變得陌生，到最後連打個招呼都彆扭。

許多事情不需要理由，更不用說是愛。有些痛其實該慶幸，因為那是另一種覺悟，早點認錯便早點解脫。不要苦苦尋求原因，放過自己也放過彼此。就當作是做了一場夢，而你太投入，所以眼眶才有一點溼了，那樣就好了。

擦乾之後還是要走向新的一天，你還是你。

至少，我們還有彼此可以見證那場夢，就好了。我們還有彼此可以互相打氣，就像那時候一樣，就好了。

痛過，就好了。

「您撥的電話將轉接到語音信箱，嘟聲後開始計費……。」

第三通。也是最後一通。

不知道從什麼時候開始，我開始習慣打電話給對方，最多最多就是三通。也許是厭倦了每一次嘟嘟聲的期望，又變成了冰冷語音的失望；明白了同一個時間，就算打再多次，對方不會接就是不會接；懂得了不在乎的人，就算把電話給打壞了，他也無動於衷。

我見過一個人對於不在意的來電，那麼毫不在乎的神情。他只是瞥了一眼手機，然後按掉，放下。動作順暢得那樣自然，好像本來就該是這樣，接著彷彿什麼都沒發生似地繼續與別人談天。

而另一頭的期待，卻顯得自作多情，格外諷刺。

先不說愛，假設你今天只是有事想找他，於是打給他，一通兩通三通，無人接聽。可能當下的他在忙，也可能他沒有注意到，那就留個言吧。他看到了自然就會回覆，如果沒有，可能代表這件事情對他來說不重要，至少你也把你想說的傳遞出去了。

而說到愛，無論你是抱著怎麼樣的心情撥出，你集結了多少勇氣，練習了多少次第一句話該怎麼開口，到了對方那裡，也只是十個數字，或許再搭上幾個關於你的文字描述。在接起來之前，就只是一個螢幕顯示，哪怕那個撥出鍵背負著多少期待。

在意你的人不會讓你落空，不會讓你的期待，在一旁哭泣一整夜。多留一些時間給自己，還沒有人接，就晚點再打，打了好多通都毫無音訊，就別打了，就先睡吧。

不可能沒有難受，但至少能讓難受不再繼續擴張。我們無法改變誰，但至少可以對自己好一些。

每一次的落空，你就會更明白自己在對方心中的分量。而如果對方心中那個位置不屬於你，就別擠了，別委屈自己，換來的又是對方的嫌棄。

無論再愛，都要給自己最起碼的尊嚴，因為你永遠值得更好的愛。

離鄉背井

我一直以為自己是個很可以適應的人，從高中開始到出社會工作，在外面生活，學著打理自己，學著半夜肚子餓的時候想辦法，學著不舒服的時候上網查找當地的診所，學著自己看導航抵達目的地，沒車的話就學著搭公車，學著和陌生人搭同一班列車。

學著成長，學著勇敢，學著堅強。

應該要是這樣的。我認知中的離開家鄉，不就是這樣嗎？只是後來我才發現，原來適應一個地方，跟認同一個地方，其實是不一樣的事情。

我們在不同的旅程中遇見各式各樣的人，在不同的地方學習與完全陌生的人相處，然後在同一個居住空間，給予彼此最基本的尊重和空間。

看起來好像那麼地自然，但經歷了才知道，其實有多麼不容易。

我們在這些過程中，經過幾次碰撞、狠狠跌倒過幾次，才把稜角磨到他人能夠接受，才勉強讓人覺得自己不難相處。無論這是情願的，或是帶有一些不甘，你都已經是現在的你了啊。

我明白獨身到一個陌生的地方，並沒有想像的那麼差，每個地方都有每個地方的美好，有每個地方的難得。

但我也相信，一個人無論去過多少地方，無論外出旅行了多久，到最後，他都會回到最一開始的那個地方，回到家鄉，回家。

有時候不是一個地方不好，而是比起那裡的好，你更懷念熟悉的某個地方。那裡有你最愛的小吃，有你忘不掉的溜滑梯，有你許多回憶。

最重要的是，有你愛的人。

其實你不是沒辦法自己生活，你可以把自己照顧得很好，只是難免還是會有抱怨，偶爾還是想碎念，偶爾，還是會想念。

同樣地，當他抱怨著自己來到的新環境多麼不好時，並不是真的要告訴你他過得多糟，也不是要你把那個城市想得多糟；只是想告訴你，他很想你，只是想要聽你說，累了就回家吧，我們會一直在這裡等你。又或者，他只是想聽你說一聲，我也好想你。

傷口

還隱隱作痛。

膝蓋上的傷還沒好，雖然已經結痂了好多天，沒有什麼大礙，可是傷口還在。也許是動作太大，一扯，又把那塊癒合不完全，還有些脆弱的結痂給扯掉了。

傷是打球的時候摔倒弄的，小擦傷而已。當時我只是拍拍身上的灰塵說，沒關係不礙事，不再像從前那樣地火爆，硬要誰為這個傷口負責，要對方承認自己有錯。

一直到現在，我才慢慢明白，許多事情如果是心甘情願，那其實也沒有什麼好埋怨，不必誰為我的傷口負責，我可以自己慢慢好，可能過程中還有些痛，但那都不要緊。

愛也是。沒有一份愛是沒有痛的，只是傷口深或淺，恢復的時間長短而已。或許你會好奇，如果每份愛都會有痛，那為什麼還要愛？

許多時候愛不愛不是我們能夠決定的，它就像生活的一部分，如影隨形；像一陣風，無論你是否感覺，它就是真真切切地存在著。

無論最後的結局如何，至少過程中有快樂，就值得珍重。而那些留下的傷口，或許偶爾還會痛——在每個清晨，在每個夜裡，在每一條走過的街道，在每一間待過的書店、每一個躲過雨的屋簷。

但其實我真的很好了，沒有愛之外，也沒有恨了，甚至還有些感謝。在那一段輾轉難眠，獨自撿拾拼湊自己的日子以後，總有些什麼在心裡產生變化。可能是變得更勇敢了、更懂得釋懷；也變得更柔軟，更能夠理解對方的難處。儘管付出以後沒了結果，還是會有些難過，卻也懂得不去責怪，甚至謝謝對方，在傷口還沒有太大的時候，就給我一個明確的答覆。

愛不愛我自己決定，然後傷口我們各自療癒，誰都不必為誰的傷口負責，只要用力地感受快樂就好了。

你只要讓自己好好的，就好了。

偶爾　脆弱

「你知道嗎？剛開始的時候啊，他什麼都不懂，就像木頭，還要我一個一個告訴他。他就一天一天慢慢學，等到學會了之後，我們終於有一起分工的感覺，一人一半，然後啊然後……。」

「最後我們分開了。」

我看著他笑著笑著，然後就哭了，說著說著，就說不下去了。那些回憶對他還是那麼重要，他說他明白，再怎麼重要還是得要丟掉，可是他捨不得，那些回憶是那樣甜，笑聲是那樣爽朗，愛是那樣真切。

「怎麼能，我怎麼能。」

該勸他嗎？又該勸他什麼？其實是不用的吧。因為他都知道，只是他現在還放不下那些快樂，即便那是從傷心裡萃取出來的，可是只要每天沾一些，就可以再繼續走，雖然又苦又酸，卻也讓他感到真實。

要多久呢？多久都沒關係吧，也不急，捨不得就帶著吧。時間終究會給你一些幫助的，就像你終於承認他的離去，終於願意接受愛再多也會有用完的一天。

沒關係的，我知道你都會好的。因為你一直都是那樣勇敢，所以偶爾脆弱也是沒關係的。

口是心非

十二點鐘。

夜悄悄地走到了新的一天，而他像是沒有察覺似地反覆做著一樣的動作。我看著他點開通訊軟體、回到桌布、打開臉書、又回到桌布，然後他查詢了她的名字，沒有新的動態。接著他又回到桌布點開通訊軟體。

沒有回覆，沒有已讀。

對方就像蒸發似了，無聲無息，沒有交代、沒有跡象、沒有線索。短針指到一，他的手中仍然抱著手機，重複著一樣的動作。

接著長針指到六。「算了。」他囔囔著。

然後我看他稀里呼嚕地打了一串文字，按下送出，關掉檯燈之後便蓋上棉被轉過身。

我知道他還沒睡。打開他的臉書，出現一個新動態。

「想睡就睡，想醒就醒，不用在意誰，也不用顧慮誰，更不用徹夜等待誰，多好。沒有什麼值得等待的，也沒有所謂傷害，自由自在，晚安晚安。」

旁人看見了他的無所謂，我卻目睹了整場口是心非。

逞強是改不掉的習慣，好像假裝不在乎，傷口就不那樣痛。好吧，如果是這樣，就繼續假裝吧。

因為我們都有自己習慣面對傷口的方式啊。

曖昧是青春最美的樣子

有次在大橋散步時，經過一對男女身旁，他們的年紀看起來很輕，猜想應該是國中或高中的學生。那時是晚上九點多，隔天學校還要上課的日子，該是回家的時候卻還捨不得，還想多走一回，多聊一下天。

他們走得很近，近得手幾乎要碰在一起，可是始終沒有。

「他們會在一起吧？」我心裡想著。

曾經我們也經歷過這樣的愛，光是晚上聊著走著，心就會滿出來。總是用一起念書的藉口，但其實只是想要多一些的相處時間。即使沒有牽手，沒有承諾也沒關係。

後來的他們也許會被家人反對，也許會被老師說別太早談戀愛，也許會被大人說你們一定不會到最後。最終的結果會是如何，我們也都走過，但還是期盼他們能夠是彼此的那個人。

歲月流轉，他們的身影也許會漸漸地從彼此的生命中淡出。當某一天，又在別人身上看到相似的身影時，也能夠微笑地去回想那段青春了。

那時候的他們也許右手會牽個誰，左邊心口會住個誰，然後慶幸著還能夠愛，在漸漸失去了單純以後。原來每段愛都是那樣美，無論後來的我們怎麼了，擁抱的將是更懂得責任的愛。

如果還找不到徹底遺忘你的方法

這樣的遠遠關心真的好嗎？有時候想要像旁人說的堅定一些，既然彼此都已不再是生命中的唯一，從今以後你的雲淡風輕或刻骨銘心，本該都與我無關，卻還是忍不住點開你的個人頁面，還是想知道你最近過得好嗎。

一直都清楚自己內心的矛盾，有時候不希望你過得太好，好像沒有我，你也沒有關係。卻又不希望你過得太壞，畢竟我們曾經擁有彼此。即使我們現在的關係已和其他人沒有不同，可是我知道呀我知道，你終究還是不同。

聽了太多愛情的道理，也曾經充當誰的愛情顧問。對旁人，我們總是可以講出一套屬於自己的堅持，關於對方的好壞，什麼時候該珍惜，什麼時候該留一點空間給自己，什麼時候該放手，我們把心中的尺展示給身旁的人們看，卻在自己成為主角的時候，才真正明白原來自己對愛從來都不夠灑脫。

偶爾會覺得自己好失敗，為什麼總是克制不了，為什麼在好不容易歷經那段混沌的日子以後，明明覺得自己已經好了，卻還是被你的快樂悲傷給左右。

而且往往越想尋找答案，越找不到答案。

或許一直都是這樣的，從愛上你到分開，到我終於能夠走遠，然後回頭看你。這些種種，其實從一開始就沒有答案。

如果還不知道該往哪走，就往最想去的地方去吧。如果還找不到徹底遺忘你的方法，就先這樣吧，好像也沒關係，畢竟最難過的，都已經走過了不是嗎？

有些事情不是疼痛就不值得，有些值得不需要誰的肯定，也不需要答案。就像你，就像我們曾經愛了一回，我很傷心也很遺憾，卻沒有後悔了。

沒有什麼放不下也沒有什麼非誰不可吧。這次就請你再陪我走一回，哪怕只是看著你，哪怕只是遠遠關心，都沒關係了。因為我愛過你了呀。

最美的　留白

我有時會想，也許我們都是這個世界的碎片，慢慢拼湊，到最後才發現無論怎麼拼都拼不出一個完整的形狀。

我們都曾經為了誰，用力地磨去自己原本的樣子，儘管再痛也忍著不說，因為你相信每一次疼痛都會有結果。你以為只要疼痛完了，你們就可以成為一幅美麗且不會失色的畫。

後來才發現，原來有些事情是努力不來的。當你用力改變成符合他的樣子時，他卻已經不是原本那個他了。

原來，我們每個人都是獨一無二的，或許我們會找到相似的彼此，卻找不到能夠完全密合的兩個人。有的只是願意珍惜的兩個人，願意為彼此磨去太尖銳的稜角，而不強迫誰一定要去填補那些空白，因為你們都明白了，這才是生命最真實的樣子。

那些填不滿的空白，在塵埃落定以後，終將成為最美最獨特的留白。

從今之後
只有
好好愛你

總是聽著他們說，愛一個人，就要愛得不怕失去，才能夠保有自己，彼此才能走成一個未來，才是愛。

我曾經試過，可是好難，怎麼可能愛了，又不怕失去呢？怎麼可能不去在意對方的任何一點風吹草動，怎麼可以把那些彼此的矛盾都拋在腦後，怎麼可能只想現在，而不看未來。

我想了很久，後來發覺對我而言，或許不能說是不怕失去，而是要愛得誠實。

誠實地去面對彼此的不同，誠實地訴說自己對每一個細節的感受，誠實地讓對方知道，那些看起來微不足道的小事，其實對你來說，是多麼重要或有多麼沮喪。

有好幾次，因為自己奮不顧身地投入，造就後來的患得患失，每一次表達都戒慎恐懼，每一件想做的事情都如履薄冰，漸漸地，付出變得不再快樂。每一次的讓步都讓自己越來越不認識自己，到最後，兩個人的加總，竟然抵不過一個人的自在。

其實很挫折，與那麼多人擦肩看似是一種幸運，在轟轟烈烈以後用雲淡風輕的口氣述說著那些曾經，沒說的是自己多麼渴望簡單卻堅定的愛。

只是當時我們都愛錯了方式，一直誤解了快樂的定義，忘了有些堅定，除了在一起躲雨的屋簷，也有在各自雨季後，不願放棄的重逢。

沒有誰天生一對，除了表面的快樂，我們都忽略了背後的眼淚。

如果眼前的誰，是你走了好久終於等到的塵埃落定，那麼更要相信，比起獨自的披星戴月，他更願意一起陪你走過風雨。相信那些不堪，都能夠像你們擁抱彼此一樣，也都能夠被擁抱、被撫平，都值得被愛。

愛得誠實，其實是另一種相信。相信老派的不離不棄，相信從今之後，我想著的，只有好好愛你，再也不是失去。

我所想像的那些都關於你

我坐在咖啡店裡，回傳完給你的訊息以後，抬頭看著街上的人們。

左手邊經過一對午後出來散步的老夫婦；對面的公園有一對夫妻帶著孩子在玩溜滑梯，他們看起來和我年紀差不多，應該是新婚夫婦；右手邊迎面而來的，看起來是讀附近大學的學生情侶，像是剛買完東西，正準備回去一起租的小套房裡。

真好真好，他們真好。

在回公司的路上，有一個秒數特別長的紅燈，今天運氣不太好，快到路口前綠燈就結束了，我站在最前方，看著穿越斑馬線的人們，不知道他們正要趕去哪裡。

我突然想起剛剛在咖啡店看到的人們，那我怎麼就知道他們是老夫婦，是新婚夫妻，是情侶呢？

我忍不住笑了出來，原來我所想像的那些，都是我想和你一起成為的樣子。

關於遠距離戀愛，其實我也想過，是不是可以不用那麼辛苦，是不是可以有更好的選擇。但往往想到這，我就不再往下想了。

回憶做決定的當下，心裡沒有太多其他的念頭，只忙著害怕，害怕錯過，害怕再也遇不到像你一樣的人。

那時候的想法很簡單，我們不會一輩子都分隔兩地，只偏偏在這個時候，遇見了我們都嚮往的那個一輩子。

聚少離多的日子是辛苦的，尤其做什麼事情都是一個人的時候，連周遭的朋友都會問，為什麼不乾脆找一個距離近一點的、隨時能陪伴彼此的對象呢？

可是只有自己知道，對方的珍貴是誰都取代不來的。或許說不清他有哪裡好，但卻是在經歷了那麼多相遇和破碎以後，自己最想要的未來。在每一個不失自由的安全感裡，往往看似是一個人，卻因為對方而有了堅持下去的動力。

旁人的勸也許都是善意，我不責怪。但也明白，對於未來沒有誰能夠保證，也沒有誰可以對自己的決定負責。所以我選擇了你。

哪怕要走到想像中的畫面，還需要好長一段時間。但沒關係呀，因為，我們有一輩子可以實現。

輯二

背著世界，走向你

即便各自繞了地球一圈，
還是會拚了命地想回到你身邊。

沒有最好 只有剛好

記得曾經聽過一句話：「每個人都期待幸福美滿的愛情，可惜走到分岔才是大多數人的結局。」

我們都曾以為凡事只要有愛就可以，於是我們拚命愛，拚命給，我們奮不顧身，最後連自己都給丟了，換來的卻是一場空，換來的卻是「對不起，我們不適合」。才明白，原來不是有愛就可以。

愛何其難得，只是相處又談何容易？

每個人有自己心中的良辰美景，我們好不容易熬過了生活；卻攀不過理想，攀不過對方心中的那個未來。多可惜，卻也多無能為力。

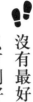

對於未來沒有人看得穿，所以才有了遺憾，關於那些沒做和做錯，關於那些太年輕，關於那些如果。諷刺的是，當我們明白時，才發現其實都沒有如果。

在愛、生活與夢想之間，哪一個更重要，是不是真的有捨才有得？沒有人有把握。有些人，一旦錯過了，就再也回不來了。即使多麼捨不得。

或許再晚個幾年，等到我們都更成熟了點，我們就能是彼此的那個人。只是若等到那時我們再相遇，或許也走不進彼此的心裡了。

在年輕時相遇有年輕時的魯莽，也有年輕時的單純；在風霜後相見有風霜後的穩重，卻也有風霜後的冰冷。

愛其實就是這樣，沒有最好，只有剛好。

我把最好的愛給了你，然後在剛好的歲月遇見了他。沒有人有錯，只是終究我們都沒有把握，只是可惜當時我們都不願為誰而停留。

先不急著說對不起

口是心非造成多少傷痕，又留下多少遺憾。

太多時候明明想開口道歉，見了面之後卻梗在喉頭，接著又吞了下去，戴上了習以為常的冷淡面具。一顆炙熱的心不但沒有溫暖，甚至還灼傷了彼此。

明明不想爭吵了，明明想好好說話，卻沒辦法講出好聽的話。看著他好像無所謂的樣子，好不容易冷靜下來的心卻又被點燃了起來。總是到最後獨處時才又懊惱著自己的拉不下臉。

很多事情都是慢慢累積，慢慢消磨。他曾經犯了什麼錯，他曾經說了什麼重話傷了你，你一直揮之不去，一直困在其中，就沒有辦法原諒，就說不出那句沒關係。

常常是從一件小事情開頭的，吵完了之後才發現吵的根本不是當下那件事情，關上門以後才發現自己真正想說的話，一句也沒說出口。責罵就像雙面刃，你不斷地揮舞，不斷地攻擊，卻也不斷地劃傷自己。

許多事情越是計較越是釐不清，記得越清楚就越不親密。有時候吵完就算了，擁抱一下彼此就好了。先不談對錯，先說說彼此的感受，先感同身受。

先不急著對不起，但要記得說我愛你。

參差不齊的堅定

天長地久，淺淺的幾個字，卻讓我們深深地寫了一輩子。我們在每個過往寫下或深或淺的天長地久，在揉遍幾次心碎以後，再攤開那張稍皺的白紙。然而到了要再下筆的時候，卻沒有了從前的勇敢，看似熟練的動作有些蒼白、有些顫抖。

總說人生不要將就，要去嘗遍各種酸甜苦辣，不想要在人生的最後，連一件值得紀念的事情都沒有。而對於愛也是，可是我們卻說不出什麼是不將就。要轟轟烈烈嗎？但我們也明白最終都會趨為平淡，再怎麼洶湧的浪潮，若想要長流，就得變成細水。

我們都渴望牽了就不再放的手，都期待來了就不再走的緣分，可是當時間過去，爬過最高的山巔，感受過最冰冷的雪以後，我們卻遲疑了。對於往後的平靜生活，是不是就是自己要的天長地久，該要落筆寫下的時候，卻遲疑了一個又一個春秋。

在後來的人生裡，我參加了她的婚禮，又當了他的伴郎，然後看著身邊的人們一個個步入禮堂。我牽著身邊的她接過誰的捧花，又牽過身邊的她成全誰的分離，共同路過了好多人的世界，一起看著那個誰又尋覓到了某個誰，一起聽說誰和誰又走到了分岔。

我才發現，原來相愛一直都是那樣容易，可是一起生活卻太難太難。我們的一生或許會愛上不止一個人，每一段分離不一定是不愛，也不一定是背叛。愛到後來才慢慢體悟到，原來再多的愛，都經不起持續且猛烈的碰撞，有些愛在一開始，彼此就是兩個世界的人了。

要找一個一起生活的人有多難，在體悟過彼此的喜怒哀樂，一起走過那些酸甜苦辣之後，這五味雜陳又有誰能夠義無反顧地嚥下？天長地久多麼不容易，但在歲月的堆疊還有時間的洗鍊以後，我們才終於發現，原來，再沒有誰能夠比他更令你堅定。

難免會顫抖，但那些參差不齊，背後都是愛過的痕跡，每一筆每一畫，都是彼此一同經過，無可取代的腳印。

必需品與禮物

一直很喜歡蔡康永說過的這段話：「我不想當你的必需品，我不希望我不在的時候你會難過。我只想當你的禮物，帶給你的快樂，都是多出來的快樂。」

其實很多事情、很多情緒，我們都有選擇。而在不同的選擇背後，同時代表著不同的承擔，還有不同的感受。

在生活當中，對於你們來說，什麼是必需品？什麼是禮物呢？

在愛裡，我們除了渴望被對方理解，也渴望著被需要，希望自己能是對方的必需品，於是我們總將彼此綑綁起來。漸漸地，沒有了對方就感覺不快樂；漸漸地，我們需要更多，更多的紀念日與更多的驚喜，好像這樣才得以刻畫出愛的深淺，我們才能夠感受到是被在乎著的。

可是我們都忘記了，其實在愛裡最需要的，一直都是自己。

感情裡珍貴的，那些我們口中所謂的幸福，並非沒有爭吵，也不是誰為了誰去拚命達成對方所定義的幸福；而是在擁有了對方以後，都還能保有自己最舒服的姿態，沒有誰委曲求全，有的只是在一起相愛的共識。

我們難免在感情裡會有依賴，而在依賴中，要怎麼留有自己獨立堅強的一塊，怎麼讓一加一變成大於二的快樂，怎麼在忙碌而不能陪伴彼此時，快樂不會跟著減半……，這些或許都是我們要慢慢去學會的一課。

換個角度想，我們也都希望能成為對方那個多出來的快樂，也都不希望對方因為自己一不在，就失落、傷心，甚至影響生活，不是嗎？

試著讓愛輕盈一些，去變成彼此的雲，即便我們必須分離，卻能在開心或難過時，一抬頭就知道對方一直在那裡。重要卻不是重量，遙遠卻又堅定而踏實。

一場沒有開始的結束

在宣判結果的這一天來臨之前，你曾經想過一萬種如果，卻怎麼都沒有想到，離開竟然會是最後的結果。

從相遇的那天起，你們之間的那些相似、那些聊不完的話題，都好像訴說著：你們本來就屬於彼此。比起轟轟烈烈，你們更重視相處的自在；比起煙火，你們更喜歡去海邊吹風。你以為，這就是你盼了好久，一輩子的愛情。

你翻了很多書，問了周遭許多朋友，得到的肯定與回覆，種種跡象好像都符合；每一項，似乎都指向永遠。

於是你深信不疑，每天細心規劃著你們的未來，想像以後你們的樣子。慢慢地，他成了你的重心。在街上看到喜歡的吊飾，總是會買上一對；他的晚安，變成你每晚入睡的安定劑。

所以當他說他需要時間，你也就等了，他說他愛你，你也就信了。只是最後，他走了。

當下的你，像是全身的血液瞬間被抽走，他的離開，帶走的不只是他自己，還有另外一半的你。

他留下一半的你，所以你勉強記得該吃該睡，記得上班的路怎麼走，記得要在大家問你「還好嗎？」的時候，撐起一絲微笑。

你們結束了嗎？沒有，其實你很清楚——沒有開始，哪來的結束。

他像是路過的演員，陪你演了一場戲，然後轉身離去，留下入戲太深的你。

你這才明白，你以為的永遠，你所期待的未完待續，其實根本就不存在，從頭到尾都只是自己的一廂情願。

只是愛那麼真，痛也那麼真，他所給你的留言是那麼真，眼淚流過臉龐的溫度也那麼真，你不願接受，也不想承認。

既然這樣，那就把一切都當成真的吧。至少，我們曾經離愛情那麼近，在這之後，能更明白愛是什麼，我們要的是什麼。

只是，可惜他終究不是我們的期盼。

但沒關係，因為我們都盡力去愛過了呀。

愛裡的　對等

我沒辦法。

沒辦法這樣不管你，沒辦法不在乎你，沒辦法看著你放任自己，沒辦法看你小小的背影孤零零地走著。

或許你還在疑慮那是不是愛情，但在你找到答案之前，你發現自己已放不下關於對方的種種小事，當來電顯示是他的名字時，其實你早就準備好為他奮不顧身，這告訴了你答案。可能你還不能肯定，卻無法否認。

愛情總是這樣不講道理。很莫名你就無法奈他何，很莫名你就沒辦法冷眼旁觀讓他獨自難過，很莫名你就想對他好，很莫名你就希望他快樂。

即使自己氣喘噓噓，甚至傷痕累累。

兩個人對愛情的付出，很難達到真正的對等。所謂的對等，也不過是你們在一個人待著的時候，都會想到對方。即使分隔兩地，你們的心裡都還有彼此。

既然這樣，那些你所計較的付出，是不是就顯得不是那麼重要了呢？不是說你盡心盡力的那些都不值得獲得回報、不需要回應。而是要你別太過執著。

畢竟我們都沒有辦法看著對方一個人，那多做一點又有什麼關係呢？有時候，愛其實就是認了。認了自己這一輩子就是沒辦法不對那個人好，認了自己就是沒辦法看到那個人不快樂。

我們要的，不就是對方多一點在乎嗎？既然這樣，就先在乎對方多一些吧。別因為計較，而忘了原先的心甘情願。

永遠不要忘記你們愛上彼此的初衷。或許最傻，但也最美。

卑微的愛

你問：「愛的卑微到底好不好，到底該不該？」

在這個人們時常提醒著要多愛自己一些的年代，或許理性而言當然是不好，畢竟求來的不會幸福，勉強來的也不會長久。

只是愛本身就是件不講道理的事情了，又怎麼能用理性就斷然下了定論呢？

所以我不反對你愛得卑微，做牛做馬、隨傳隨到，只要是你的選擇，我覺得都好，都沒有對錯。但前提是你心甘情願，然後你快樂。

卑不卑微其實都是其次，快不快樂才是最重要的事情。

沒有誰逼著你去對誰好，那些付出與給予，應該是為了對方的快樂，或者讓彼此變得更好；而不是為了事後的索求，不是去比較誰付出的多，不是為了讓你後悔，更不是為了讓你變得卑微。

你一直都有選擇，每一個選擇背後，也同樣有著承擔。在選項之間，我們常常會迷惘，有時候我們已經走得太長太累，可是卻沒辦法離開，你找不到原因，甚至覺得別無選擇。於是你認了。

你並不是沒有選擇，只是你選擇了認命；你並不是沒有選擇，只是沒有勇氣去實現自己的選擇。

愛都需要勇氣，不管在愛之前，或是在愛之後，就像我們在決定牽起彼此之前的期待，又或是在發現我們並不合適之後的難捨，都需要勇氣去面對，讓彼此能夠走在一起，或者，選擇離開。

離開了，並不代表不願意去付出更多，也不是不愛了；而是知道自己要的愛是什麼，並選擇一個讓彼此都好過的方式。留下來的人，也不代表就是卑微，只是更在意、更珍惜這段感情，而選擇一個讓自己辛苦一點的方式。

不管哪一個，那都是愛，都沒有錯。無論如何，我都希望你們快樂。

愛裡難免有苦澀，難免有爭吵，只是當苦澀遠大於甜蜜時，我們常會忘了真正的快樂。又或者，因為喜歡一個人，偶爾為對方做一些你不喜歡的事當然很美好，可是如果你時常都在勉強自己，這樣該怎麼快樂，又要怎麼帶給對方快樂？

相愛是兩個快樂的人在一起才會大於二，而不是成為負數去拖垮誰，那只會讓彼此都更糟糕。

當一段感情出現分岔時，當你在愛與不愛的十字路口迷惘時，不要猶豫，就往能帶給你快樂的地方去吧。或許很難，但當你做出選擇之後，你會發現你並不孤單。

因為愛自己不是自私，帶著自己的不快樂然後勉強去愛才是。

最好的 生活

對你來說，什麼是生命中給得起的奢侈？

講到奢侈，你第一個想到的是什麼？是一頓充滿頂級食材的飯局嗎？是一顆你從來都只能在櫥窗前觀望的鑽石嗎？還是一個簡單的陪伴呢？

奢侈聽起來好遙遠，但其實我們都可以做到，只是我們總是不願意，或總是忽略了。隨著時間的累積，那些本來是好小好小的一點心意，卻成了每個人的奢求。

我們計畫著、憧憬著未來，想給所愛的人過上好的生活，於是我們努力忙碌著。卻常常忘了最需要把握的是現在，有他們在身邊的現在。

無關能不能夠，只有願不願意。

我曾聽過一個故事，一個小朋友拿著他的存錢筒到他母親面前，他把存錢筒摔破了，並把裡面所有的錢都拿出來。母親當下斥責了他一頓，問他為什麼要這麼做。而這孩子反問了一個問題，卻讓他母親懊悔不已。

「媽媽，這些錢可以買你禮拜六一個早上嗎？」

多麼卑微又多麼簡單的願望，卻成了孩子心中的奢侈，一個用盡自己所能給的，卻還擔心得不到的奢侈。

其實陪伴一直是最簡單，但也最奢侈的事情。

無論是有人陪著你做同一件事情，或只是待在同一個空間，甚至只是在電話線路的那一端，或者是手機螢幕的那一頭。

畢竟每個人都有屬於自己的生活要過，有各自的煩惱，也有自己想做的事情。憑什麼要求對方為自己抽出時間？卻也因為這樣，願意為了他人而抽出時間的那些陪伴，便顯得特別珍貴。

沒有誰有義務要對誰好，也沒有誰理所當然該空出時間陪伴誰，這些都是額外的給予，都需要感謝、都該被珍惜。

那會不會，我們的陪伴對有些人來說，其實也是一種奢侈？

珍惜那些把握每分每秒與你相處的人，無論一起做了什麼事，他都是把自己的時間給了你。

或許我們都沒有想那麼多，也或許不是不願意，可能只是覺得彆扭，但這其實並不難。就像偶爾為對方做些你不常做的事情，偶爾跟對方說聲愛你，說不定對於對方來說就是很奢侈的感受。

忙碌背後，都是為了想給對方更好一點的生活而努力著。可是別忘了，有彼此陪伴的生活，就是一種最好的生活。

愛與喜歡

記得張愛玲曾說：「若只是喜歡，又何必誇張成愛。」

是啊，若只是喜歡，又何必要誇張成愛呢？

或許今天，你遇見一個有好感的人，在相處的過程中，你慢慢加注了期待，漸漸地你越來越在意，你的情緒開始隨著他的一舉一動而起伏。

最後你發覺他變得冷漠，你們斷了聯絡，你覺得好像全身的力氣被抽乾，像是失戀一樣難受。

可是你記得嗎？只是有好感，只是喜歡。

愛是由喜歡堆疊而成的產物。我常想，在成為愛之前，能不能讓喜歡只是喜歡？有你很好，沒有你也沒關係的那種喜歡。

很多時候，我們習慣把感覺放大，把好感放大，然後把難受也跟著放大了。

我們口中嚷嚷著愛，但回過頭來問問自己：你們才相處了多少時間，你懂得他多少，又願意為他付出多少？

愛有愛的難得，有愛的珍貴；喜歡有喜歡的自在，有喜歡的單純。而在珍貴之前，其實我們該做的，就只是好好享受單純。

我們必定會憧憬愛的熱烈，卻忘了在最初的怦然心動之後，該要有的包容，可能得承受的摩擦，甚至是責任。

或許是過於期待，讓我們在自己都沒有發覺的期間，把許多事情與感受都撐得太大了。把喜歡，都誇張成了愛。

承認只是喜歡沒有什麼不好；說愛，也不見得比較偉大。刻意誇張，卻忘了有些難得，是因為自然而然。

喜歡和愛不是誰隨意說了算，而是對於彼此之間承諾的約定，願意去承擔。

那究竟什麼是愛呢？或許是，當我們都不再執著於其中的差別，只在意對方的感受時，那就是愛。

愛是自己的事

你愛著他好長一段時間了。

從開始到現在，你都快忘記愛上他的原因了，只是那也無所謂，反正愛本來就不講道理，但你卻一直清晰地記得你愛他。

他曾經要你別再喜歡他，而你也只是倔強地丟出一句：「我喜歡你是我自己的事。」

是呀是你自己的事，至於那些難過，當然也是自己的事。你沒有一定要對方明白，只是愛著他的心情，卻已經像呼吸一樣自然。

這段期間你也不是沒有遇見喜歡你的人，只是那些感受都不夠深刻，都不及他。但誰不渴望有個依賴，如果有個人可以分享快樂悲傷，誰願意獨自承受？

誰願意一個人在關著燈的房間，看完一部感人的電影之後，只能自己擦乾眼淚然後收拾情緒？在默默地吃掉一桶爆米花之後，只能對自己說晚安，隔天又得撐起一如往常的開朗。

你明白有些話說多了，把自己搞難過了，也會把對方給搞煩了。所以你把許多感受收在心中，然後帶著它一起走，陪著你一起看每齣連續劇，陪著你一起在每一個情緒裡起伏，就像呼吸那樣。那麼自然，卻也諷刺。

不是什麼大不了的事情，所以你選擇了不說，而當對方提起時，你也就淡淡地回一句別問了。

你不是逞強，只是你了解自己的脾氣，從愛上他的那一刻起，就倔強地不肯放棄一直到現在。

愛到最後你明白了，那些放不下，不是算了，而是認了。

心中最浪漫的事

其實你曾經想過要不要就此拋去那些太重的承諾，這樣一來，就沒有束縛、也不會受傷。

你的條件並沒有太差，外表還算順眼，中等體型，懂得怎麼穿衣服，重要場合懂得打扮，會去ＫＴＶ，會去咖啡廳，會去看電影，偶爾也會去夜店或和朋友小酌。

你想過模仿網路影片去亂槍打鳥地搭訕陌生人，反正你也閒得發慌。你下載許多交友軟體，隨機挑了幾個順眼的對象聊天。時間久了後也熟了，甚至你們還一起像聯誼那樣出去玩。

這段期間，你認識了許多異性，其中不是沒有對你有意思的。你感受得到，當然感受得到，從言語到舉動，其實你心裡很明白，只要你再主動大膽一點，進展要怎麼快速都不是問題。

他們不是你最喜歡的類型，但其實你也不排斥，尤其你又單身，沒什麼好避嫌的。即使要曖昧甚至在一起後，再說你覺得不適合，在這個時代裡，好像也不是難以接受的理由。反正一個願打、一個願挨，各取所需已經不算稀奇。

可是你卻猶豫了。

你害怕自己會一頭栽進去，你沒有辦法對一個你不愛的人說出肉麻的話，而你愛的，卻又擔心對方只是玩玩而已，只有自己認真了。

最後你把那些交友軟體一口氣全刪了。因為你終於發現，原來自己還是沒辦法那樣豁達，原來當個玩咖還需要一些天分，原來在被傷了那麼多次之後，你還是渴望一個歸宿，原來你仍期盼著激情過後，能夠牽手聊聊感受，而不是撇頭就走。

你突然覺得這段期間好傻，你不懂自己怎麼了，怎麼會這樣。但其實，這些都是過程，都是一個認識自己的過程，也是經過了這些，你才終於明白自己要什麼的。

我們都會渴望被人圍繞，但相較之下，其實我們更期盼與一個人相伴著走，然後就一輩子。

比起許多不確定的選擇，還不如一個堅定的決定來得實際。

最後我們才懂，原來在那些傷害後，我們還能夠愛；原來我們不是沒有真心，只是害怕再一次地落空。

原來你心中最浪漫的事依舊是，你一牽他一握，就不再放手的守候。

等待

走進車站，我先是在座位區旁站了一下，滑開手機，選了一首音樂。然後我注意到一個女孩，她一直回頭往外看，低頭看了一下手機之後又再往外看，似乎是在等著誰。

「怎麼不直接打給他呢？」我心想。

我選了一個左右邊都沒人的位子坐下，從包裡拿出牛角麵包吃了起來。過了一會，陸陸續續有一些人站起來，排隊進了站。

距離發車時間還有二十分鐘，我的牛角麵包只吃了一個。

有一對情侶帶著貓，好像要一起去哪裡，貓喵喵地叫著，或許有些不安、有些好奇？還有二男二女正忙著自拍，其中一個女生的毛帽太高了，擋到後面另一個女生，於是他們又換了個姿勢。有個女孩走進來，是剛剛不停張望的那個，她在我的左手邊隔兩個位置坐下，繼續看著手機。

「會不會她在等一個連自己都沒把握能等到的人？」

我突然想起了你，想起了那時候的我們。當時我們還小，住在距離不遠的兩個縣市，只能靠火車來排解一些想念。想起了每一次離別時候的擁抱，想起了我們總是在車站外面待到最後一刻，才依依不捨地分離，想起了我總是在很遠的地方向著你揮手，直到你的身影被人海淹沒。

距離發車時間還有十分鐘。

女孩還在滑著手機，還在等待。我把昨天買的拿鐵一口氣喝完，然後把剩下的牛角麵包收進背包。

女孩突然站了起來。

正當我以為她要走進月台時，卻看她往外走去。我重重地吐了一口氣，接著起身，朝月台走去。

進站之前我回頭看了一眼女孩。今天的天氣不算好，太陽被雲給遮住了，風有點大，有點冷，女孩穿得有點單薄。

不過看起來好像她也無所謂。是因為等不到想等的人而一切都不重要了嗎，又或者愛就是這樣總能夠讓人什麼都無所謂呢？

愛吧，是愛吧。

列車移動了，而女孩有沒有等到她的那個人，也不會有解答了。

不敢說的永遠

「你是沒把握你們會在一起到最後，還是沒把握你會愛他到最後？」

時間久了，聽了不少遺憾的故事，也愛過了幾回，曾經固執地認為有愛就無敵，也為愛情奮不顧身過。留下了一些疤，跌倒了好幾次，明白了一些道理，對於愛情不再喋喋不休地爭執，因為你明白那是一場永遠沒有勝負的辯論。

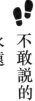

「越到後來，其實會越不敢說永遠啊。」

我們曾經發誓過，對著大海吶喊要在一起一輩子，在那個約好每年要一起牽手來的海邊。那個當下我們給的都是全部的自己，都是沉甸甸的真心，那樣的認真，那樣閃爍著自信的眼神。

你把承諾寫在沙灘上，把承諾寄託給海浪，在每個夕陽西下，在每個有月亮的晚上。你們要它們見證，你們不怕被誰拆散，那樣地說著未來，以為只要牽手依偎著走，就能到遙遠的以後。

後來卻走著走著，就散了。

漸漸你才明白，永遠就像星星一樣，閃爍著光芒，那樣地美好，只要抬頭就隨時都在，但當你試圖要抓住它時，才發現它不屬於任何人。

就像我們承諾著永遠，但永遠卻從來不為誰擔保。

「我不知道啊，即使我再怎麼愛她，但我真的不知道啊。」你有些茫然地看著我。到底要多努力才能抵達永遠，為什麼好幾個夜裡的煎熬等待，換不來她一個點頭答應？

我明白你的迷惘，也明白用力伸手卻什麼也抓不住的無力感。或許相信不一定就會實現，但每個實現卻都需要相信。

不用愛得太用力，且行且愛且珍惜，把握每個當下，記住每一個美好，擁抱每一個有彼此的日出日落，日復一日，不用想得太多，緩緩地走過每一個日落河流，奔跑在每一個日出堤岸，不去擔心得太多，只是用力地珍惜再珍惜。

沒有一段愛不需要灌溉，也沒有誰能保證只要灌溉，花就能夠一直盛開。也會有落葉的季節，就像春夏秋冬那樣地輪迴。而年復一年，無形中其實永遠就在身邊。

一年不過四季，一天不過黑夜白晝，而一生不過就牽一個人。時間會帶著你明白許多事情，就像你明白了沒有絕對的永遠。

還有，你可以沒有把握永遠，但你不能不相信永遠。

相信緣分

我一直很依賴「相信」這個字眼，它就像一根浮木，而我在茫然的漂流中抓住了它，隨著它的方向前進。路途中遇見的風景，或者擦肩或者停靠，有失去也有獲得，難免有些遺憾，卻也有些難得。但我不曾後悔，即使筋疲力盡，卻甘之如飴。

因為我明白許多事情要相信才會實現。

許多人問我，到底該不該繼續愛？對於未來的不確定，如果最後還是一場空，該怎麼辦？沒有把握對方的想法，沒有把握對方能夠明白自己的心，沒有把握等待會有結果。

「你相信緣分嗎？」往往都是我第一個反問他們的問題。

我沒有辦法保證什麼，我也沒辦法知道對方到底愛不愛。我不是算命師，我看不見你的未來，但我知道愛最重要的是心甘情願。

你把你的那些愛寄託給緣分，不去想得太多，做你願意做的事情，沒有猜疑也不必著急，時間會給你答案。你所要做的只是好好把握，並且努力去過每個當下，那就夠了。

或許難免會有遺憾，在愛了那麼長一段時間，彷彿距離嚮往的未來那麼接近，以為對方就是自己的靠岸。可是如果沒有了這些遺憾，又怎麼會明白人海中的相遇是多麼難得呢？

沒有人有把握未來會怎麼走，也沒有人保證灌溉就一定會開花結果。所以每一次付出的心血、時間與真心，我都希望是心甘情願，都是滿滿的愛。或許會痛，會流淚，但如果可以的話，至少可以沒有怨，甚至在最後道別的時候能夠為彼此獻上祝福。

畢竟能夠相遇就很難得了。每一段你經歷過的事情都有意義，即使最終不是你要的結果，總會在當中更明白些什麼。

如果你也在迷惘，如果你也同樣在猶豫，不如也問問自己，你相信緣分嗎？

愛不殘忍

「愛總是善良的。殘忍的是，人會成長。」——陳奕迅〈不如這樣〉

我一直這樣相信著，也這樣地愛著。無論受傷多少次我們都依然擁有愛人的能力，我們的心同樣還是會跳動，還是會期待、會受傷，會幸福、也會寂寞。

在愛裡有些事情是不會變的。只是到後來，我們對於愛不再那樣奮不顧身，即使我們都明白曾經的愛是最單純珍貴的，卻也不想再重來一次。

曾經，你守著他的電話、他的回覆到天亮，如今你懂得給自己設定一個界線，你明白累了就自己先睡；曾經你為了他奮不顧身，只為了碰上一面，如今你明白事情有輕重緩急，愛人依然重要，卻不是唯一重要。

人們總說「曖昧最美」，在那樣的朦朧狀態，我們小心翼翼地試探彼此的心思，心情隨著對方的一舉一動、一字一句起伏，日復一日也不厭倦，甚至樂在其中。

可是如今，你不再期盼那樣的朦朧，不再想盡招式地欲擒故縱，你把你的愛攤開在彼此面前，明白地告訴對方你的在意，最後給自己劃一個底線，在次數到了之後就收回自己。我們學會了在無聲之中看懂對方的不在乎，在傷口繼續擴大之前就幫自己止血。

你問這樣好嗎？這樣愛是對的嗎？

其實沒有對不對，只是你選擇的方式相對就得到什麼樣的愛而已。

可是你不是不會愛了，你還是願意去付出，為一個人偶爾做些你不喜歡的事，甚至是愛得卑微都沒關係。或許對方有一天會回頭、又或許不會，有可能到了那時，對你來說其實也都不重要了。

不合時宜

「如果兩個人在一起，而對方卻是你的阻礙，那是不是就該分開？」他問。

都說兩個人在一起，最好的是可以互相成長，如果不行，至少也不要拖累對方。

秉持著這樣的信念去尋找愛，沒有人會說是錯的。但是你有沒有想過呢？兩個人在一起總是有高有低，要找到一個完全平等的對方，一個無論學歷、想法或生活模式都跟你相似的他，要多少機率？而那個你認為差一些的他，是不是就活該被分開？

「或者你想說的其實是，這份愛對於現在的你來說，太過沉重。你現在的重心是往前衝，沒有太多閒暇去顧慮對方。他給的愛並沒有錯，只是不合時宜。」我回答他。

我們在愛裡成長，吸收愛的養分，學會了付出，懂了什麼該珍惜。但你還記得嗎？最初的那份愛，最初那個以為只要有愛就可以的自己。或許我們都回不去，也或許那樣太傻了，只是那卻是愛的本質。

在互相成長之外更重要的其實是互相扶持，因為難免總有誰會落後、會跌倒。而置之不理的不叫愛，叫現實。

可能我們都被逼迫著長大，被時間與周遭的人事物，被誰的閒言閒語推著成長，不得不為自己穿戴上一些偽裝，幫自己準備一個鎧甲。

但能不能別因為這樣就忘了柔軟？忘記最初的自己，忘記愛的本質。

沒有誰可以義正嚴辭地說你想錯了。只是希望你可以想起那個最初的自己，只是希望你可以不要忘記愛的純粹。

沒有誰活該被丟下，也沒有哪份愛是不對的。只是剛好那不是現階段的你最需要的而已。別把分開都怪給愛了，愛多無辜。

公平

「這樣公平嗎？」你問我。

你說你在愛得那樣用力時他不要，後來他去外面繞了一圈，回來告訴你說你比較好，這樣公平嗎？

不公平啊，如果非得要這麼問。可是愛不愛，卻無關公平不公平。

如果每個付出都要細數，都要討價還價的話，那該有多累。每天計算著你給了多少、他給了多少，總和起來是多少，是正是負，該要還是該給，他再做一次什麼事你就離開，他再一次體貼你就不走。

愛不是數學，沒有邏輯，永恆多遠、分離多近，怎麼算得過人心。感覺一直都是比微積分還要不可靠的東西。

或許你只是不甘心，但也沒有什麼好考慮的，不是嗎？如果還想愛就愛，就去承受、去享受那些好壞；如果不愛了就離開，去品嘗一個人的片段，去擁有一個人的自在。

別說公平不公平，因為從頭到尾沒有誰要你非愛不可。是還想愛還是只是不甘心，是想再給對方快樂，還是想再索求些什麼？那在索求不到之後，當期望又再一次變成失望以後呢？

總是這樣的，計較少一點就快樂一些，迷糊一些就幸福一點。不用把什麼事情都算得太清楚，投入在每個當下，享受每一個有彼此的過程。

結局是好是壞都沒關係，受傷會痛、眼淚會流都是一定的。就當作是自己糊塗跌了一跤，下次小心點，再看清楚一點就好。

沒有誰不好，都好過，只是不再好，不再是對你好。一開始是這樣，繞了一圈之後再回來也是這樣。

不用去想太多，你只在乎公平不公平，就沒有辦法認真感受。要就牽起手，不要就大步向前走。你其實知道的，他的渴求從來和你的愛不愛無關。只要好好傾聽自己就好了。

心甘情願，就好了。

相遇在錯的時間

「我想不到分手的原因。」

「可是，其實分手是不需要原因的。」

其實愛和不愛都一樣，在一起時我們不需要太多的理由，只是因為彼此有愛，甚至只是有好感，就能夠在一起，就想努力去試試看。而分開也是，有時候只是因為累了，因為不想努力了，或者因為厭倦了、不愛了，都可以成為理由。

有時候非得要一個理由，可能只是想讓自己好過一些，給自己一個說法，甚至要對方給自己一個說法，關於為什麼不能繼續走下去，為什麼有愛的人不能在一起。

但其實到後來我們都知道了，要一起走下去，要一起生活，不是光有愛就可以的，不是嗎？那既然這樣，為什麼還非要一個理由呢？你明白的，知道理由以後，並不真的就會比較好過。

所以就當作是，當作是我們緣分不夠吧。不夠去打敗距離，不夠去支撐彼此，不夠去完成你的夢想，不夠去擁有你要的自由。

每一個階段，對愛會有不一樣的感受，也有不一樣的渴望。或許現在期盼轟轟烈烈的他，在多年以後，也會嚮往細水長流也說不定；而或許愛自由的他，在多年以後，才發現安定才是最難得的也不一定。

可是呀，這些都不是現在的他，都是多年以後的他，都是或許的他。

如果你們再晚一點相遇，也許你們就是彼此的那個人。

可是，生命沒有如果。

到最後，也許我們都只能求無愧於心吧。其實我們都是彼此那個對的人，只是好可惜，我們相遇在錯的時間，僅此而已。然後謝謝你，謝謝那些快樂。

我們各自遠颺。

缺口中的堅定

我們總嚷著永遠，卻不知道有的人說了再見之後就再也不會見面，有的人還來不及道別，就只剩下回憶。

這幾天我又想起了電影《從你的全世界路過》中的豬頭，他把所有都給了燕子，他可以沒有夢想、沒有自己，就算被全世界誤解也要理解燕子。他們是彼此青春的註記，愛情長跑了八年，卻還是難逃別離。

我們都明白，愛裡不是誰付出的多，另一個誰就非得留下，不是你拚命灌溉，它就會長成一棵大樹。

卻也不是明白了這些道理，就能夠喊停。

電影裡我最難忘的一幕是豬頭送燕子上了計程車，要她好好照顧自己，笑著告訴她：「你一定要幸福，你一定要幸福。」

「以後沒有我了，你一定要幸福。」他邊追著計程車邊喊，卻無奈怎麼也喊不回他們的愛。

到後來我們已經不愛得那樣撕心裂肺了，但對於愛的滄海桑田，我們目睹了以後，卻依然止不住眼眶的溼潤。

我們都曾向誰承諾過，曾那樣付出過，嚷嚷著如果這份愛沒有結果，就不再相信世上有所謂的愛。可是在狠狠地摔了一跤之後，我們依舊爬了起來，踉踉蹌蹌地找著愛，那樣堅定的愛。

或許不再撕心裂肺了，但還好，在飛蛾撲火以後，我們都沒有粉身碎骨，都還願意愛，都還可以愛。

生命是一種拼湊，收藏沿途的碎片，擁抱每一個破碎後的堅強，然後搖搖晃晃地遇見另一個人。你們都不會是最完整的，都缺了一些什麼，拼起來不是最合適的，卻都願意試著改變自己部分的形狀。不去勉強彼此一定要最契合，重要的反而是找到彼此最舒適的位置。

我們都是每一場愛的戰役後的倖存者，失去了全心全意只為誰的能力，卻在彼此的缺口中多了一些堅定。少了海誓山盟的承諾，多了些柴米油鹽醬醋茶的煩惱，不用去最冷的北極，不必攀最高的雪山。

才明白了輕輕地道一聲早安，是最奢侈的平淡。

你不在的時候

「最需要的時候你不在的話，以後也不必在了。」

其實我很不喜歡這句網路上的流行語，也許是因為我的愛情常常都是遠距離戀愛的關係吧。很多時候只能在彼此都不忙的空隙聊上幾句，即使遠遠的關心裡頭有滿滿的愛，卻也比不上面對面手心觸碰的溫熱，我們都明白。沒有人真的願意或喜歡這樣分兩頭，愛得讓彼此都煎熬，愛得讓彼此都辛苦。

可是我已經很努力了。

我們擁有不多的時間，所以努力地空下一段彼此都有空閒的時段，我們珍惜著每一分每一秒，努力用手機的溫度，用電話的溫度溫暖彼此。可是偶爾，我們都有更多的事情要奔忙，可能是他要忙考試，我要忙多出來的業務，或者他要忙報告，而我得臨時留下來加班。

好不容易盼到兩人都有放假的日子，卻又因為其他事情而耽擱了。然後還要搭著車，翻山越嶺，歷經好幾個鐘頭的搖搖晃晃，最後才能到達彼此身邊。

這是我選擇的愛，不怪公不公平，可是你不能把這些，都說成是我的錯。「你不在」，一直是最糟也是最好的理由。

高興時你不在，難過時你不在，當我需要你時你不在。或許你渴望在每一個脆弱的片刻，一拿起電話，熟悉的身影就會出現在你的身旁；或許你把自己，把我們的愛看得太堅固，所以才在轉入語音信箱之後失落不已。

或許你要的，是一份只要需要時，就可以得到一個擁抱的愛。

到後來才明白，我們有各自的人生要過，為了讓自己更好，為了讓彼此更好。因此我們步步艱辛，卻心甘情願，面帶微笑地走下去。因為我們知道彼此都很努力了，所以願意獨自面對那些脆弱，願意在語音信箱的失落以後，按下米字鍵錄下：「我很想你，有空回我電話，上班加油。」

或許距離把我們之間隔得好遠，卻也讓我們在重逢後的擁抱，抱得比誰都緊密。因為我們知道，這是我們的愛。

在最需要的時候不在的話，也沒有關係，因為我知道你是那樣地努力，努力在我每一個脆弱的時候，能夠一直都在。也許你的安慰遲了些，也許距離遠了點，但還好我們的心，貼得比誰都近。

不夠誠實的人

她愛他，他也愛她，然後他告訴你，他愛你，於是你也愛他。你不知道好好的愛，為什麼會變成這個樣子。你不知道，後來自己怎麼了，怎麼會愛成了，一個自己都不認同的人。

你是他們的第三者。

起初，你沒有想得太多。你們是同事、是朋友，上班談公事，偶爾談談心事，下了班以後，你有時候會想起他。後來，他突然多了些時間，於是你們有了宵夜，有了下班後的訊息，有了愛。

周遭的人不是沒有察覺，起初，你很小心翼翼地處理你們的關係，慢慢到後來，你發現自己並不介意他已經有了她，你以為這樣的不介意可以平衡你們的關係，可是這樣的不介意，反而讓他住進你毫無防備的心裡。

你沒有想過要破壞他們之間，你很明白，所以到後來，你想讓這段關係單純一些，你想著，如果愛上了就無法改變，那就讓愛單純一些，不求什麼，只求還能繼續。

可是，愛從來不是這麼簡單的事情，在一個人煎熬的時刻，在夜晚想起他的寂寞時刻，在每一個牽著手，接著你知道他要回去她懷裡的時刻。

你想佯裝偉大，卻發現做不到，你明白自己想要更多，也明白這樣下去不好，你很煎熬、很矛盾，因為心裡知道，你的矛盾其實都有答案。

你想要快樂一點，可是做不到，你想放手，卻又貪戀他的餘溫。在愛面前，好像永遠都毫無選擇。

其實你不是毫無選擇，你只是不夠誠實罷了。

不夠誠實自己沒有辦法獨自應付寂寞，不夠誠實自己其實想要更多，不夠誠實在放不下的背後，是你也不願狠心割捨，不夠誠實，其實你也有一點不甘心。

對於其他人，你大可找千個或萬個冠冕堂皇的理由，畢竟你深深明白，這些自己所做的事情，在其他人的眼裡會是什麼樣子，因為你也曾經是他們，你也曾經看過聽過誰，做著和你現在一樣的事情。

可是對自己，卻沒辦法這麼做。你不是毫無選擇，你永遠都有選擇，是要離開，還是要繼續愛。

比起在筆記本上、在手機上、在狀態上寫下決定，不如先傾聽自己到底要什麼，然後心甘情願地、用力地去做，接受那些疼痛和破碎，假使收不回愛，至少先收回自己。

或許你沒有想要破壞他們之間，可是這不代表你能否認，在放不開手的背後，在願意繼續等待的背後，其實都是存有快樂的。如果是的話，那就好好享受當下的快樂，再好好難過，好好拉扯。

或許此時你最想要的，不是當一個誰期盼中的人，那就先把自己還給自己吧。

至少，你能成為心甘情願的人。

至少，心甘情願裡，還有快樂。

在每一個再見以後

你們彼此相愛，你卻說這不是愛情，或者說，這不是你要的愛情。

你和他之間，總是給予彼此最真實的樣子，能夠坦然地聊天，不帶粉飾地去說出對於每件事情的感受，分享著彼此的生活，聊著未來，覺得這是愛裡最好的樣子。可是你們沒有在一起。

即便你們愛得那樣毫不掩飾。

你告訴我，其實你要的不是名分，也不是臉書個人資訊上的穩定交往，也不用天大的承諾；只是，你感受不到安全感。

你要的安全感是什麼呢？是一個點頭、一個承諾，還是兩人無名指上同樣的溫度？

愛裡的安全感，有時候不是誰努力就可以，哪怕他願意為你奮不顧身，在你不舒服的夜裡，淋著大雨，只為了你隨口說的一碗紅豆湯。即使如此你還是會不安，在每一次流淚道別以後，你還是找不到答案。

有時候，可能我們都忘了，安全感也是自己給自己的。

你曾不曾想過，如果有一種感情，沒有所謂的名分，也沒有結婚證書，只有最單純的相愛，你能不能夠接受？答案可能是讓人猶豫的，可是那卻是愛最真實的樣子。

許常德老師說過，其實愛情中的承諾、婚姻中的結婚證書，都只是一個束縛，懶惰的人給彼此的束縛。因為這樣一來，我們就不用時時擔心著失去，就不必去煩惱怎麼維持愛的溫度，也就不會因此弄得焦頭爛額。

所以才會說，曖昧是愛情裡最美好的時候，在曖昧的當下，我們都害怕失去，對於每一件小事都反覆琢磨、小心翼翼。那個時候，我們愛得最單純，也最全心全意。

可是愛不是把彼此綑綁在同一個牢籠後，才能真的安心地去忙各自的事情。而應該是在每一個再見以後，我們都仍然能不帶一點遲疑地，相信會再回到這裡，回到彼此身邊。

我沒辦法清楚地告訴你什麼才是安全感，或者你一直在找的答案到底是什麼，只能很清楚地跟你說，你必須全心全意地去愛。

並且去相信。相信你給的愛不會白費，相信他會給你同等的愛，相信你用盡全力往前奔不會撲空，相信最後等著你的會是他的擁抱。

說穿了，安全感就是我們都明白也相信著，重要的人不會被時間和距離給帶走，即便各自繞了地球一圈，還是會拚了命地想回到對方身邊。

即便，你們不曾說過永遠。

輯三

不完美的完整

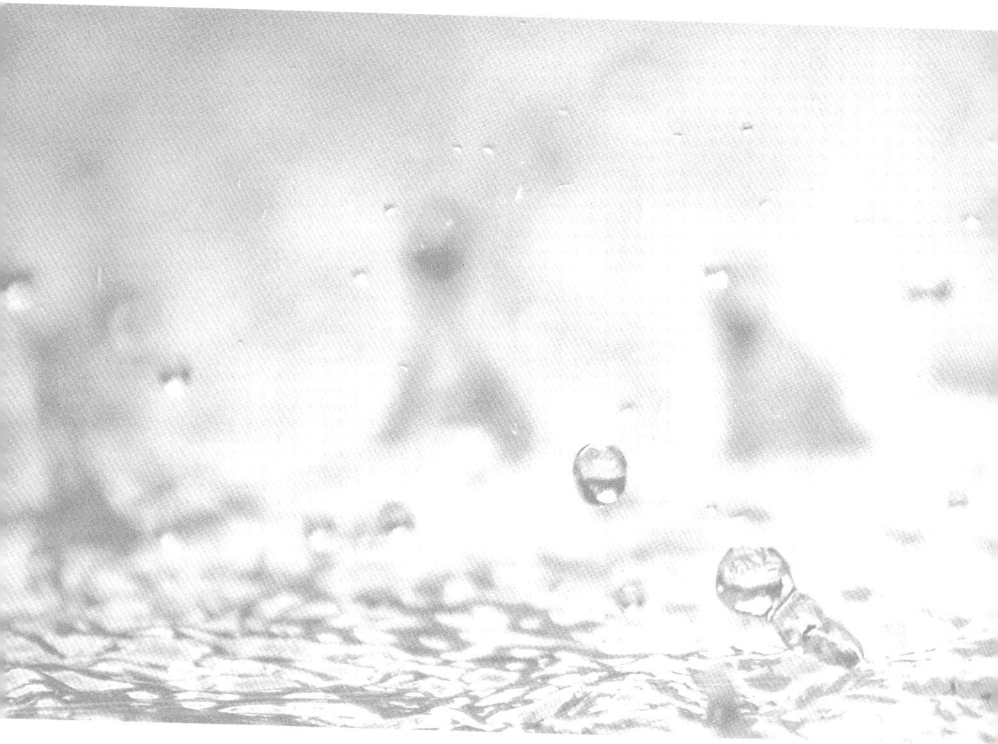

讓我們在各自的生活，閃閃發亮。
再也不需要借誰的光。

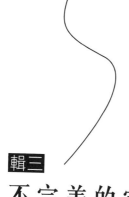

你是我最期待的塵埃落定

在遇見彼此之前，我們各有一段過去。

我曾經愛過誰，也曾經守著誰的天長地久不放；曾經等誰等到失眠，也曾經為誰崩潰到不能自已。

那些曾經有好的有壞的，有遺憾有歉疚的，有難過有快樂的，有還愛的也有還恨的。

只是無論當時的自己灌溉了多少淚水，那終究都是曾經了。無論最後有沒有蝴蝶，也都是路過的花園了。

再怎麼重要都敵不過現在的一個你。

我們走過許多事情，才明白了多麼不容易；我們擦肩了許多相遇，才知道決定要佇足需要多少勇氣；我們用盡了多少力氣接受失去，才明白了什麼是珍惜。

謝謝曾有那些過去，我才能遇見現在的你。謝謝我們在愛過之後，都還願意相信並牽起彼此的手。

那些愛過的事是青春的兵荒馬亂，而你是我最期待的塵埃落定。

無與倫比的 你

有些愛很奇妙，你不會為了他在每個節日費盡心思，不會為了給他一個驚喜而絞盡腦汁，卻在每一個夜晚想念他，每一個日常想念他。對每一個生活的瑣碎，每一次邀約，他成了你做決定的關鍵。

愛了很久，也看過很多種愛。常常我們會誤會那些記得節日的體貼才是愛，驚喜才是愛，手作的卡片才是愛。卻忘了其實最平凡的愛，是最不起眼的生活。

你說他懶惰，說他木頭，不懂得慶祝，不懂得製造驚喜。但他卻在每一天的生活中惦記著你，每一次放假最先想到邀約你，在每一個夜晚用好像漫不在乎的語氣打給你，他的生活其實都是你，每一個平凡的你、真實的你、無與倫比的你。

風箏有風箏的自由，地上人兒有屬於自己的踏實。不必去羨慕誰，他是他的無可取代，而你是他的無與倫比。

即使他不擅長給太多的驚喜，但他把他的蝴蝶放在你心裡，他把他的翅膀給你。

有你在心上
什麼都　不同

距離將我們切開，讓我們在大多數日子，只能憑藉照片，循著回憶想念。

常常在忙碌的時候想起你，可是你不在；在難過的時候想起你，可是你不在；在受委屈的時候想起你，可是你不在；在脆弱的時候想起你，可是你不在。

好多的你不在，讓我想起了再更以前的日子，也是一個人邁著蹣跚的腳步，把眼淚藏在心裡，藏在微笑背後，總是撐著說我沒事，我很好。

除了想起你以外，有什麼不同？看起來好像沒什麼不同，但其實也沒什麼相同。因為有你在心上，就什麼都不同。

太多時候我們會依賴對方，甚至太依賴對方。卻忘了其實「有個人可以放在心裡，當你想起他時，他也剛好在想你」就是最大的幸運，也是我們一直期待的事情。

在深夜脆弱的時刻，當思念無法排解時，我們都想要更多。當想要更多時，就無法滿足，也就不快樂。

其實啊，那些夜裡的煎熬都是太奢侈的幸運，但有時候我們都愛得太貪心，才讓愛變成了一種懲罰。

或許我們都該謝謝遙遠的距離，給了我們彼此，卻沒有因此帶走完整的自己。

不辜負

你永遠不能確定，那些你很在乎的人，是不是也把你放在一樣重要的位置；同樣地，你也永遠不能確定，那些你沒那麼在乎的人，是不是把你放在比你想像得更重要的位置。

人和人之間的關係很奇妙，有太多的難以捉摸，或許也是因為這樣，我們常常一不注意，就把自己關進了死胡同。我們的迷惘，來自於太多的在意、過多的執著，可是我們都忽略了，對方是否在意自己，其實都有跡可循。只是或許太多的不甘心，導致我們不願接受，甚至還一直催眠著自己，只要不放棄，就會有好的結果。

可是有太多太多的事情，我們必須承認我們無能為力。這是我後來才懂的。

雖然說，我們所做的每一個決定，其實都是我們的選擇，儘管如此，我們還是會心疼身邊的誰變得那樣卑微。因為我們都深深懂得，沒有誰是絕對地高貴，其實，眼前這個滿是傷痕卻仍不放棄的他，真的不需要這樣貶低自己。

因為我們都獨特。而這些獨特，當中有許多是別人沒有的特質，這些不同，應該是你該展現自信的部分，懂的人自然會理解；至於那些錯過的人，或許真正該感到可惜的是他們才對。

我們也許常會對自己的善意迷惘，因為我們永遠沒有把握，在善意之後，能不能換來想要的結果。

可是，過程中不會只有壞的部分，我一直相信，在許多失望以後，一定會有好事情發生，一定能遇見那些理解你的人。

無論如何，希望你能夠一直記得：「不要因為他們的不懂，你就辜負了自己的不同。」

如果我們再見面

多年後，如果我們再見面，那會是什麼樣子？

其實我想像了很多次，關於我們相遇的場景。到那時候你會不會挽了個誰，像當初的我們一樣；而我會不會也牽了個誰，又或者仍然一個人在這座城市穿梭尋覓？

想到後來，也漸漸不想了。因為到後來，你已經不是我生命中的那個人了。你來過，也謝謝你來過，卻也都過去了。或許當初我們有過承諾，誰違背、誰廝守，誰對誰錯，誰愛的比較多，卻也都不那麼重要了吧。

你有你的生活，我也有了我想要的守候。當初的熱情如火如今變得冷漠，沒有對錯，只是關係不同了，只是人都會成長。

你是親愛的路人，是最熟悉的過客，或許可以偶爾寒暄，但也只能寒暄。無論如何，那都是回不去的從前，都是太遙遠的過去了。

那些愛、恨或遺憾，我把它們留在過去了。感受是那樣真切，只是都在那了，都不再了。

而我，已經走得好遠，好遠了。

緣分或命運

愛到後來，我只相信緣分，卻不相信命運。

我覺得這兩者對我來說，差別在於前者是過程，而後者是結果。

緣分就像是上天給了你一個機會，在某個偶然或刻意間，你們相遇然後認識。每段緣分的深淺不一，但我們卻可以在這當中努力，把那些微小的牽絆，變成彼此心中無法抹去的重要。

生命中許多人來來去去，誰說得定屬於自己一輩子的緣分，到底是哪一次的相遇？也因為這樣，才要努力珍惜。

是在街上偶然相遇兩三次的緣分比較深，還是你用心聯繫彼此、過了十年感情依舊的緣分比較深？或許每個人心中的答案都不一樣，但不能否定的是，如果都不去把握，那最後還是一無所有。

而命運就好像把故事翻到了最後一頁，告訴你結局，要你接受。一點轉圜的餘地都沒有。

對我來說，最珍貴的一直是彼此努力的過程，因為很多事情不到最後誰也說不定，更何況是一開始就被預判的出局。這樣太宿命的結果，我才不管。

況且，在走了那麼久以後，我們也都不是最開始的那個我們了。不是一開始那個只懂得愛自己，不懂得什麼才是愛情的我們。

每經歷一段感情都是一個成長，那我們到底在其中成長了什麼，什麼才叫作成熟，怎樣才真的具備愛人的能力？

其實很簡單，當你的世界開始不再只有自己，當你開始懂得體諒，願意把你的一部分給對方，懂得什麼是付出的那個時候，就去愛吧。

曾經的我們說著大話，懵懵懂懂地喊著要陪伴一輩子的口號，拋出許多猶如空頭支票的承諾，以為這樣就能走到永久。

後來的我們對於愛，慢慢地不給太多承諾，取而代之的是在生活每一個小細節，踏實而小心翼翼地付出，慢慢地明白愛不只是口號，而是存在於每個細節的經營。

在愛裡面我們改變了很多自己，猶豫不決的開始懂得果斷，講話直接的開始懂得修飾，脾氣不好的開始懂得在生氣時深呼吸，思考過以後再把話說出口。

或許一開始莽撞的我們，都被命運寫下了不會有結果。只是我們都不是那個我們了，沒有什麼注定要分開，也沒有誰注定會在一起，在過程中你願意努力多少，就有多少的結果。

所以不管是失而復得，或者是全新的開始，只要你不一樣了，你準備好了，故事的結局就不會相同。

就算別人說的再多，都要記得，寫下最後一頁的，不會是他們，而是你自己。無論是過去或現在，我們難免都會被人斷定。但這次屬於你的結局，你自己決定。

多出很多的愛著

從來就沒有什麼天生一對的兩個人。

或許我們都在期待著，等待著所謂真愛，所謂對的人。

我也一直相信會有個人，就像電影《小時代》當中所說的：「他一定會穿越這個世間洶湧的人群，一一地走過他們。懷著一顆用力跳動的心臟，捧著滿腔的熱和沉甸甸的愛，走向你，抓緊你。他一定會找到你，你要等。」

只是在這個過程中，我們多少還是會跌跌撞撞，多少還是會撲空，多少還是會付出了真心後，卻一無所獲。但這些都是為了讓我們成長，讓我們在遇見對方的時候，能是我們蛻變後最美的時候。

我們總是在每次的受傷後更堅強一些，在每一次的失望後更看清一些，在每一次的失去後更了解自己一些。

誰不期盼遇見一個與自己契合的靈魂，只是不管再怎麼契合，再怎麼相似，你們終究不同，是兩個獨一無二的個體，還是會有摩擦。

但這其實沒有什麼不好，在摩擦的過程中，或許沒有辦法解決每一個問題，至少你們找到一個彼此都能接受的方式。

牽手一輩子的夫妻，不是每一對都能完全喜歡對方的習慣，有的甚至任意就能講出對方的無數缺點。

那為什麼他們能一直走下去？我想也許是因為，他們愛著對方的，比起不愛的那些習慣，要多出很多很多。

所謂的那個對的人，不是任何方面都無可挑剔的人，也不是不會和你吵架的那個人。而是你們都能接受彼此雞毛蒜皮的小習慣；是你們愛對方的那些，比起不愛的，還要再更多更多的人。

有時候或許不是自己或者對方不夠好，而是我們對幸福都太過苛求。

所謂的天生一對，也只不過是他們都懂了這個道理，都明白了愛情沒有最好，只有剛好。

剛好你愛的比起不愛的要再多一些。剛好，那就是永遠。

關於無聊

有的人說，愛情說穿了，其實就是一個無聊的人，遇上另外一個無聊的人，而他們剛好都不感到無聊。或者說，他們剛好都願意陪著對方一起無聊。

回想那些愛的片段，你們在咖啡廳大眼瞪小眼，比賽誰先笑了；你們在夜市裡射氣球，炫耀誰拿到那隻娃娃了；你們在夜裡看星空，爭論著那是飛機還是星星，結果那天是誰贏了，你們好像也都忘了。

只是這些看起來那麼瑣碎、那麼無聊的事情，卻是組成你們愛情的重要片段。卻是在很久很久以後，再回想，依然清晰的片段。

再怎麼無聊的事情，只要兩個人在一起，好像一切都變得有趣，甚至成為生活的一部分。

許多人都嚮往浪漫的愛情，嚮往電影情節的轟轟烈烈，可是真實世界中，有多少的機會，對方能像電影的主角一樣，為你擋下子彈，為你赴湯蹈火？

其實所謂的浪漫，就是對方願意在每天早晨，用咖啡香喚醒你；願意在空閒的時候，特地跑去公司接你；願意在你每個月特定不舒服的期間，煮上一碗紅豆湯給你。

而轟轟烈烈，不過就只是你們在看了一部感人的愛情電影以後，他緊緊抱住你說愛你，說著還好有你，那句在心裡迴盪好久的聲音。

不要你是多好的你

我喜歡你，從來就不是要你是多好的你。

其實我也想過愛上的理由，明明喜歡的東西不一樣，興趣也不是最相近，好像也稱不上是多相似的靈魂。但就是無法停止去愛。

曾經我也以為，時間可以沖淡所有的事情，譬如那些失戀，那些放不下，我總覺得時間一久就過了，沒有什麼是真的過不去或放不下的，都只是需要時間而已。

只是一直到後來我才發現，原來有些人的存在，無論你們之間經歷了什麼事情，過了多少的時間，他就像是你身體中的一部分一樣，深深地埋在心裡的最深處。

甚至深到你沒有發現，以為你已經可以無所謂。然而在一句話，或一通電話之後，卻發現自己瞬間被瓦解。

愛上一個人，在一開始時，或許你是愛上他的樣子，又或者你愛上他的幽默，愛上他的才華。只是到後來，慢慢地你才發現，其實無論他的那些好，那些表面的光鮮亮麗還在不在，你都愛他。甚至你只是很單純地希望他幸福。

無怨無悔。

無論你愛的那個他現在是什麼樣子，也無論你們的關係到後來變成什麼，你只是很單純地想要照顧他，想要在他脆弱的時分，能夠在他身邊。

對於付出，我們難免都會希望得到相對的回應，期待對方的反應，甚至期盼著承諾，或者一個可以定義關係的名義。

只是更多時候，我們總是還來不及等到心中的結果，就急著去付出全部的自己。因為比起這些不確定，你明白自己更沒有辦法看著心中的最愛，那樣地孤零零，那樣地落寞。

我也會害怕，害怕付出到最後還是一場空，害怕努力了那麼久卻好像一切都沒改變過，一樣地一無所有。

可是即使最後的結果不是我心中所想的，我還是會選擇這麼做，至少在這個過程中我很快樂，至少我心甘情願。

我只是想要你明白，我從來不是要你是多好的你，我只是希望你可以是個快樂的你。

得來不易

如果說，兩個人沒有約定、沒有承諾，遇見彼此的機率能有多少？一生中能碰到幾次？如果要你刪除對方的一切聯繫方式，讓你們憑著緣分再遇見，你有多少把握？

我相信緣分，相信每一次相遇甚至擦肩都是緣分，只是，我更相信緣分是必須努力的，有了緣之後，要什麼分，很多時候都是由你決定。

該屬於你的不會離開，而離開的那些也不必強求，說的不是坐以待斃的悲觀等候，而是努力之後不會後悔的結果。

也許上天給你們再次相遇的機會，讓你們分別之後，還能在某個街頭遇見並認出彼此，重新有了聯繫。可是，如果在那之後什麼都不做，那你們之間，可能永遠就只是這樣而已，儘管你們有了比別人更多一點的緣，卻永遠不會有分。

許多事情其實都一樣，都需要幸運，但真正重要的，還是你在這當中付出了多少努力。

不知道你有沒有想過，那些看似自然的小事，其實都是對方努力去堆疊起來的。要不是他不願放棄，要不是那天最後他沒有走，會不會一切就都不同了？

有時候你所認為的幸運，其實都是努力之後的結果，你們之間在許久沒有見面之後，卻還是保留著相同的牽絆，也許不只是因為緣分，而是有人不放棄地去維持這段感情。

每一個再相遇都是多麼得來不易，你們擁有比別人更多的緣分，就該更加珍惜，而不是去考驗你們之間的深淺。

無論是什麼感情，愛情也好，親情、友情也罷，時間久了都會淡去，都需要彼此在意，才得以一直延續。

沒有什麼理所當然的相遇或分離，也沒有什麼理所當然不用努力就能維繫的感情。如果哪一天你發現了，別忘了謝謝那個願意一直努力的人，謝謝他在這麼長一段時間，甚至在看透你之後，依然不離不棄，還在原地等你。

依然在心裡，保留一個最重要的位置給你。

謝謝生命中曾有的你

過了那麼長一段時間之後，偶爾還是會想起那些時光。

那些，有你的時光。

有多久了呢？你還記得嗎？當初那些大大小小的爭執，那些賭氣、不服輸，那些非得要論個對錯的問題，如今還重要嗎？好像都不了吧。畢竟，再怎麼樣也都是過去了呀。

回想那些有你的片段，或許不全然沒有難過，只是比起那些苦澀，更多更多的，是快樂。

如果時間再倒回去，我想，我還是會選擇遇到你吧。或許你已經是別人的風景，也即使我不是你永遠的唯一，但那段日子裡，我很開心。

那些太多的言不及義，說穿了其實就只是想問問你：「你好嗎？」不恨了嗎？不後悔嗎？傷都好了嗎？當然不是，只是那些都已經是過去了。有些傷口是一輩子都不會癒合的，即使好了，也會留下長長的疤。

或許當下的我們都無意傷害彼此，但遺憾的是當我們發現時，許多傷痕都已經劃上，都已經來不及了。但，如今也都沒關係了，至少那些都是我的心甘情願，至少那段日子裡，我們都曾經奮不顧身。那就好了，就夠了，真的。

或許未來的我們不會再遇見，也或許我們會在某個街頭擦肩，只是無論如何我都希望你可以快樂，都希望你可以好好的。

而最後我想說聲謝謝，謝謝你曾經為彼此的付出，謝謝你曾經為愛那麼勇敢，謝謝你那段日子的陪伴。

謝謝我的生命，出現了這樣一個你。

自己的光

在搖搖晃晃的火車上，我突然又想起了你。

那時候的我們很微妙。你忙著擔心我會去遙遠的地方，我忙著安慰你；你忙著在忙碌之後喘口氣，我忙著想念你；你忙著找尋自己最喜歡的姿態，我忙著磨合我們的愛；你忙著自由，我忙著落空。

或許你說的沒有錯，我們其實不用考慮太遙遠的以後，畢竟當下的事誰都說不定了。還有愛就好好愛，享受愛，想得太多或想得太遠，結果最後誰也沒能到達那個地方，反而是擔心的成真了，在我們找到解答之前。而我想的是，也再也不用解答了吧。

曾經在按下通話鍵後，我告訴自己這是最後一通，無論結果如何，無論有沒有撥通，我都不會再打，即使會因此斷了聯絡，即使多麼可惜。

可是我還是聯繫上你了，只是一切也都不一樣了。

我怎麼會不懂你，怎麼會不能理解你的倔強，又怎麼會不知道你的心軟呢？但或許那時候的自己，還是太過驕傲了吧。關於那些自以為對你的理解、關於付出，總覺得拚了命地給予就是愛。不過都不重要了吧，畢竟我們最後還是走散了。

人生會遇到幾個你，我不知道，而會不會再相遇，我也不能預測，就像當初誰也沒有預料到我們會再見面。

所以就交給緣分吧，就像當初那樣。然後就讓我們在各自的生活，閃閃發亮。

再也不需要借誰的光。

淚水蒸發以後

「我們後面蛋黃哥的餅乾要不要加購？很好吃喔。」

今天結帳時店員熱情地向我推薦那包餅乾，包裝上是滿滿的蛋黃哥，是你喜歡的樣子。我突然想起了那段日子，我買下或許我一輩子都不會買的巧克力，只為了能夠集滿一組蛋黃哥的磁鐵；買了好幾包一點都不划算的蛋黃哥衛生紙放在車上；還跟同事要了好多點數，為了集滿可以換蛋黃哥的便當盒。

那段日子有些部分被淚暈得有點模糊，但手上拿著的蛋黃哥，還有你的笑容卻是那樣清晰。

曾經養成了看見蛋黃哥就會不知不覺湊上去的習慣，不知不覺中卻也不再習慣了。就像置在角落但顯眼的加價購餅乾，我竟然從頭到尾都沒有注意到。

「不用了。」我向店員微笑並表示謝意。

不用了，也不需要了。就像後來遲遲沒有去補領的便當盒，也不是刻意忽略，只是隨著日子過去也就忘記了。

當初用淚水灌溉的花園，如今也有了蝴蝶了呢。那到底誰還執著當初灌溉的淚水呢？只要好好享受花園就好了。

淚水終究會蒸發變成雨水，畫出一道彩虹的啊。

想往哪走 就往哪走

偶爾會迷惘，在日子過得太安逸的時候。偶爾會有猶豫的時候，想說些什麼卻說不出口。偶爾會有心動的時候，想要牽起誰的手卻不敢握。

經歷過的那些傷害讓我們成長，也讓我們膽怯。我們懂得怎麼避開傷害，卻忘了怎麼奮不顧身；懂得更多關於愛的道理，卻不敢愛了。

一個人的生活，沒有少了個誰，照樣完整。

有的日子，突然聽到朋友要結婚的消息，朋友們問什麼時候要換你啊？你也只是笑笑地說，這種事情誰知道呢？

其實不是不想找個伴，只是不想將就。有時候看著副駕駛座，看著餐桌對面的空蕩蕩，你也會想有個人分享自己的生活，有個人聽你說那些亂七八糟的話，有個人一起沒有形象地大笑。

只是你不知道，你也沒有把握，關於那些太遙遠的以後。怎麼知道誰就是你的以後，怎麼能夠肯定地說未來。你深信過甚至執迷不悟過，卻也因為這樣，當那個誰出現時，即便你好想再像從前那樣愛得心無旁騖，卻力不從心。

只是無論如何都不要停下腳步啊，或許你還不確定，那就隨著感覺走吧，像從前那樣。畢竟你缺的再也不是小心翼翼，而是奮力一跳的勇氣。

如果還不知道怎麼辦，就走吧，想往哪走就往哪走吧。因為你知道，走著走著，總會找到屬於你的答案的。

彼此的盡頭

如果可以，我何嘗不希望你們每個人都能走到彼此的盡頭。

只是太難了，除了愛不愛之外，你有你的困難要解決，他有他的感覺要釐清，這些看似雞毛蒜皮的事情，看似可以用愛包容的事情，其實每一件都不偏不倚地打中你們的心臟，然後留下一道道的傷口。

愛再多也會有磨完的一天，當得到的答案是一天天的失望，一次次的期盼換來一次次的不被在意，一次次的原諒換來一次次的犯錯。

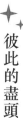

你以為你在為愛努力嗎？你以為這就是不傷害對方嗎？沒有，你只是把傷口拉得更長更大而已。

許多愛的傷害其實都是因為不明不白，當你連自己要什麼都不知道時，對方再多的關懷你都會覺得是負擔。

或許愛沒有那樣絕對，或許邊愛邊摸索也不失為一個方法，只是在這當中你們就需要更多的磨合，在遇見衝突掙扎時，就需要更大的決心。

我很少勸別人分開，因為我覺得每一個相遇都很難得，每一個從相識相知到相惜都很不容易。可是如果今天，你真的猶豫了，在其他事情與對方之間，遲遲下不了決心，那是不是分開才是最好的選擇，才是把傷害降到最低的方式？

每個人都有犯錯的權利，因為每個人都會有一段年輕荒唐，可是原諒的理由應該是改過，繼續的理由是找到解決的方式，要不然再多的原諒，都只是縱容。

而或許這就是成長的代價，明白了兩個人之間，不是有愛就可以，明白了愛是包容而不是縱容，明白了不是不說分開，就可以沒有傷害。

分開不一定是最壞，也不一定是不愛了，或許只是現階段你們給彼此最好的方式。不要把分開當成末日，說不定在分開以後，你們才更明白彼此的重要，才更能體會這段感情的珍貴。

如果你們終究是彼此的那個人，緣分一定會帶著你們在同一個地方上岸；如果不是，也祝福彼此，至少你們曾經有那樣一段刻骨銘心。

我想和你一起生活

「你永遠都會遇見更好的人。」

一定會的，畢竟我們都這樣努力地成為更好的人，總不能因為身邊有了個誰，就否定了對方的那些努力啊。只是比較是永遠也比不完的，比身高、比臉蛋、比身材、比聲音，永遠都有更好的。或者說，比起身旁的那個人，都是更有新鮮感的。

日復一日，年復一年。久了成為習慣，習慣就成為自然。一開始那個瘋狂的原因現在依舊讓你著迷嗎，還是漸漸成了生活的一部分了？那樣平凡，像呼吸一樣自然。無論答案是或否，其實都沒關係，畢竟是人之常情，重要的是你還是不是那樣珍惜。

我們擁有各自的生活圈，在我的圈子裡，每當經過熙來攘往的街頭，我的眼神還是會對誰停留，還是會跟同事討論今天那個誰的鞋跟高了一些，誰的妝又濃了一點。

可是下班以後回到家，到你的身邊以後，那些路過的身影就不曾再出現過。期盼的是那個天天聽的聲音，那張熟悉的臉龐，那偶爾因為擔心而嘮叨的口氣，還有那個不完美卻最美的身影。

你不是最好的，我也不是，永遠都有人比我們更好。但你卻是我生活中最常出現的身影，是我最不願意失去的珍惜。

你是愛，愛是生活。

而我，我想和你一起生活。

生命如果 有一種 絕對

前陣子為了保持身體健康，特地研究了有益健康的食物。又因為我是個懶惰的人，所以認真找了好多資料，想找看看有沒有什麼食物，能夠一輩子只吃它，其他都可以不需要。最後才發現，根本不存在這樣的東西。

每一種對健康有幫助的食物，都必須適量，過了頭都對身體不好；每一樣都有它的好壞，都沒有絕對。沒有什麼非吃不可，也沒有什麼不吃，就不算活過。

和愛一樣。

我常常想，五月天的歌〈生命有一種絕對〉裡所說的，那一種「絕

若終究 沒有永遠
每個有你的瞬間
都是 多一點

對」到底是什麼？後來才知道，原來這種絕對想說的，是「沒有絕對」。就像是這個世界上，沒有什麼事情非做不可，也沒有誰非愛不可。

生命中有許多我們沒有辦法選擇要不要遇見的人或事，可是都會過去的，不管後來它以什麼形式存在於我們生命中，也不管它是擁有或者是失去，不管遺不遺憾或後不後悔，不管我們願不願意或承不承認，它都是會離開的。離不開的，只有我們自己。

對於未來我們永遠都沒有把握，所以才會面對那麼多選項而無從做選擇。害怕後悔與遺憾，於是患得患失，問了千百個人，翻遍許多關於人生的書籍和文章，可是還是找不到答案，又或者說，找不到那個，我們心裡真的想要的答案。

其實我是知道的，旁人的評論不管多好多壞，在愛面前，都不是太重要的事。卻還是忍不住，去聽誰告訴自己的非愛不可，好像這輩子只要錯過了，就會萬劫不復；好像愛了他們口中的誰，就能夠不負此生。

可是呀，我後來才明白，這是我的此生，無關誰的非愛不可，也無關我的非愛不可是不是他們所說的有礙健康。很多時候，愛到後來我們都忘記了，那些曾經最單純的樣子。

總是想著有愛就可以，無心去想遺憾或後悔，也無心顧慮太多還沒發生的傷害，就像是小時候喜歡吃的棒棒糖，和那些很甜很甜的飲料，當時的快樂還很簡單，或許不健康，或許太不知好歹，但那樣的笑容，卻是後來許久都不再擁有的。

或許這是成長的過程，在每一次的受傷，慢慢地懂得保留，也懂得割捨；慢慢地知道自己能夠承擔什麼樣的遺憾以及傷痛；慢慢地學會衡量，哪些付出即便沒有回報，也不至於粉身碎骨。

每個階段我們都有各自在意的矛盾，所以才造就了後來的選擇。或許現在的非愛不可，過了一段時間之後，也會變得不是那麼重要；也或許旁人口中所說的好壞，在多年以後，我們才終於明白。

那又怎麼樣呢，儘管後來我們都明白了苦瓜、青椒、茄子的好，不過此刻，還是先來份鹹酥雞加啤酒吧。

終其一生　都在尋找　自己的　樣子

我們看了許多自我實現的書，看著電視或網路影片中，每個人都以自己覺得最漂亮也最喜歡的樣子，出現在大眾面前，才知道不管是什麼樣子的人，都值得被愛，都擁有做自己的權利。

可是即便了解甚至看見了他們的實現，我們在許多渴望的面前，還是會卻步；在買衣服的時候，還是會將自己最喜歡的那件衣服放回去，然後把眾人的期盼拿到櫃檯去結帳。

說起來好像太渾渾噩噩，但其實這樣並沒有不好。因為每一個期盼的背後，都有著它的善意，即使這些善意未必和自己內心所想的完全相同，可是它就像一種力量，告訴你該往哪走，告訴你，怎麼做才不會錯。

於是我們在不同時期，帶著部分的自己，遵循著不同人的善意往前走著，儘管偶爾會忍不住脫序，也會偶爾在鏡子面前，認不出自己的形狀，或者偶爾在夜裡，想起那個曾經發誓一定要成為的樣子。

但我們都是在矛盾中跌跌撞撞，在終於走到某個出口後，卻又發現這不是自己想要的。於是我們抓著擁有，望著遠方，聽著誰的勸沒有離開，又背負著自己隱約的失望和難堪，想跨出腳步。

其實我們的矛盾，大多都來自於自己的期盼。我們期盼著成為什麼樣子，期盼著被喜歡，期盼著夢想能夠實現。卻忘記了，在我們一步一步往前或者一次又一次的跌跤以後，那些期盼和渴望都會變得不一樣，只是我們總是放不下曾經的自己，曾經想完成的夢。

可是完成或改變，並不代表著成功或失敗，只是我們都把從前背負得太重，只是我們都被自己給綁住了。

我不知道有沒有人真的找到自己的樣子了，也不知道自己必須等到哪一天，才能夠篤定地對世界、對自己說，這就是我的樣子。

我只知道，就算找不到也沒關係。因為每一個努力的當下，都是最閃亮的自己。

我們都羨慕著誰

或許每個人一生中都有注定要消耗的寂寞，會不會消耗完我不知道，但只要想著會越消耗越少，是不是就能更勇敢一點呢？

關乎愛情，我們有太多的力不從心，我愛的人不愛我，一直都是大多數人正在面臨的事情，而那些終於找到另一半的人，他們曾經歷的失落也不會比較少。

愛或不愛沒有誰比較好，有些是選擇，有些是被迫選擇，人總是貪得無厭又不知好歹，自由久了就想被束縛，束縛久了就想要自己的空間。

可是啊，愛的珍貴也許就是我們願意偶爾為對方做一些自己不喜歡的事吧，譬如對著暫時沒有回應的聊天視窗碎碎念，說著今天發生了什麼事，說我準備去哪裡、又要離開哪裡，說我要去上班了。

偶爾會想，要是像你一樣的話，也許會更好，可是你卻反過來告訴我，你羨慕這樣的我。其實我們都有各自的煩惱，我們都曾經從那一頭走到這一頭，也曾經用力愛卻愛錯了人。

我們都不能保證這次會不會對，但我們都知道這是多麼不容易，畢竟我們找對方找了這麼久。

我們都羨慕著誰，卻不會真的想成為誰。無論一路走來多少歡笑或淚水，都是你不願放棄的自己，即使遇見再不好的事情，也要相信雨後天晴會有彩虹的。

因為我曾真真切切地見過。

原來破碎 只是成長

其實接觸越多人，看了越多以後，我發現，我們並不會活得越有希望，而是會越懂得什麼是現實，越知道許多事情在長大以後注定要破碎。

我常想，會不會成長就是一個不斷粉碎的過程？於是不斷地告訴自己，那些美好是不存在的，許多事情永遠都不會變好。

後來我才明白，原來破碎只是成長的一部分，而真正的成長，或許是，即使當我們看了那麼多不美好，仍然願意相信善良並且選擇堅持自己，選擇不去傷害人，不去成為自己討厭的人吧。

人們所說的不美好，小時候總覺得能夠改變，覺得只要堅持好自己一定就能不一樣，長大了以後，才發現太多的事情其實我們都無能為力。

可是相對地也發現，在一路走來的過程中，我們都會遇見不好的人，卻也會遇到願意交換立場，為彼此去著想的人。

沒有人天生就立志想當個被討厭的人，或許那些我們覺得虛偽的人，他們也只是為了成為一個被喜歡的人，只是在不知不覺中，用了我們所不認同的方式而已。

每個人都為了生活在努力著，我們每天都有各自的煩惱要去處理，要面對生活上，無論是工作或者人際的大小事情，沒有誰比誰好過，也沒有誰就比較差。

也許成長，也是另一種接受，接受世界的各種面貌，然後學著包容，或是學著不被世界改變。求世界變得更好可能太難，只願我們在看過了許多現實以後，都還願意去相信。畢竟這個世界上好的事情，好的人還那麼多，要是錯過了，那有多可惜。

不完美的完整

有時候，我會寧願相信，生命中的每件事情都有意義。無論是相聚或分離，還是那些再遇見或再也不見。

有些人這一次的轉身，也許就是最後一次了，不管留下的是開心的微笑或是灼熱的眼淚。所以生命才有了遺憾，才有了缺口，我們才明白了，曾經以為是理所當然的事情其實是多麼得來不易。

遺憾就像身體裡的血液，它原本是傷口，隨著時間慢慢結痂，然後癒合，可是癒合不代表就是好了，而是變成了自己的一部分。然後在某個夜裡，或者在某個經過的街口，又或者是聽見某首歌之後，不斷地提醒自己它曾經是傷口，提醒著它不會消失。它就是你的一部分。

我們都注定要去歷經這些傷，然後帶著遺憾走向接下來的人生。遺憾不代表人生因而破了洞，而是代表我們更能夠去珍惜那些得來不易，更懂得沒有誰該永遠陪伴誰，懂得不再說太多的以後，而是把握當下，然後懂得體貼，懂得諒解，懂得自己想變成什麼樣子。

偶爾想起那些遺憾時，難免會覺得可惜，會覺得如果是現在的自己一定能夠做得更好，可是，我們卻不會想回到那時候了。因為我們都知道，沒有那時候的傷口，就不會有現在的我們，也是經歷了那些，才會慶幸自己現在擁有了什麼，然後明白自己其實是多麼幸運的人。

遺憾是傷口和時間的揉合，把那些好壞都揉進生命裡，成為我們的養分，提醒我們這一次不要再錯過，不要再犯一樣的錯。

所以謝謝那些遺憾，謝謝那些傷口，謝謝那些錯過。謝謝我們在受傷後還願意珍惜，謝謝現在那些願意包容我們過往的人。

謝謝我不完美，但卻因為你們而完整。

後記

終於寫到最後也最讓我煩惱的後記，很怕一個不小心就寫得太流於形式。但還是有些非說不可的話、還有後續想做的事情，想跟讀到這裡的你們說。

這本書的誕生除了意外還有幸運。原先是預想兩年後，如果沒有出版社合作的話，就自己把以前的作品集結成書，當作是一個紀念。

當我第一次到出版社辦公室和總編輯及編輯會面時，我跟他們說了這個想法。當時他們告訴我：「那這樣就變成只是你的一個紀錄。我們想要做的不僅僅是紀錄，是一本給不管是被你的文字吸引、或被書名吸引的人，讀了都能夠感受到被理解，甚至更有勇氣去做自己內心真正渴望，卻一直沒能實現的書。」

我突然覺得任重道遠。不僅是因為出版社的期待，也包含我對自己的期待。

其實這是我一直想做的事，像是前陣子自費在高雄舉辦「至愛難行」的講座，也是希望能夠藉由自己的經歷，讓聽者能夠覺得不再孤獨，也從中獲得一些答案。

講座結束後收到很多私訊，詢問什麼時候也能在台北舉辦同樣的活動，不知道還有沒有人記得。我一直把這件事情放在心裡，有太多善感的話，想留到後面有機會碰面再跟大家說。

這一路走來我走得很慢，但謝謝你們一直都在。不管是陪伴我很久的讀者，或偶然在書店看到這本書的你，也謝謝你們願意拿起它。

謝謝采實，謝謝總編輯、編輯和行銷，謝謝成就這本書的所有人。

願你們都能在這裡得到你們想要的解答。

願每個還在尋找永遠的我們，在讀完這本書之後，都能夠覺得更靠近一點。

都不再那麼遙遠。

文字森林
READING FOREST
文字森林系列 008

若終究沒有永遠，每個有你的瞬間都是多一點

作　　者　筆枒町
總 編 輯　何玉美
責任編輯　陳如翎
裝幀設計　海流設計
內文版型　theBAND · 變設計— Ada

出版發行　采實文化事業股份有限公司
行銷企劃　陳佩宜 · 馮羿勳 · 黃于庭 · 蔡雨庭
業務發行　張世明 · 林踏欣 · 林坤蓉 · 王貞玉
國際版權　王俐雯 · 林冠妤
印務採購　曾玉霞
會計行政　王雅蕙 · 李韶婉
法律顧問　第一國際法律事務所　余淑杏律師
電子信箱　acme@acmebook.com.tw
采實官網　http://www.acmebook.com.tw
采實臉書　http://www.facebook.com/acmebook01

I S B N　978-986-507-059-5
定　　價　320 元
初版一刷　2019 年 11 月
劃撥帳號　50148859
劃撥戶名　采實文化事業股份有限公司
104 台北市中山區南京東路二段 95 號 9 樓
電話：(02)2511-9798　傳真：(02)2571-3298

國家圖書館出版品預行編目資料

若終究沒有永遠，每個有你的瞬間都是多一點 / 筆枒町著 .
-- 初版 . -- 臺北市 : 采實文化 , 2019.11
面； 公分 . -- (文字森林系列 ; 8)
ISBN 978-986-507-059-5(平裝)

863.55　108017034

采實出版集團
ACME PUBLISHING GROUP

文字森林
READING FOREST

文字森林
READING FOREST